Carole Mortimer
Rumores en la alfombra roja

Editado por HARLEQUIN IBÉRICA, S.A.
Núñez de Balboa, 56
28001 Madrid

© 2013 Carole Mortimer
© 2014 Harlequin Ibérica, S.A.
Rumores en la alfombra roja, n.º 2303 - 23.4.14
Título original: Rumours on the Red Carpet
Publicada originalmente por Mills & Boon®, Ltd., Londres.

I.S.B.N.: 978-84-687-4171-0
Depósito legal: M-2164-2014
Editor responsable: Luis Pugni
Fotomecánica: M.T. Color & Diseño, S.L. Las Rozas (Madrid)
Impresión en Black print CPI (Barcelona)
Fecha impresion para Argentina: 20.10.14
Distribuidor exclusivo para España: LOGISTA
Distribuidor para México: CODIPLYRSA
Distribuidores para Argentina: interior, BERTRAN, S.A.C. Vélez
Sársfield, 1950. Cap. Fed./ Buenos Aires y Gran Buenos Aires,
VACCARO SÁNCHEZ y Cía, S.A.

Capítulo 1

DISFRUTANDO del paisaje?

Thia se puso tensa, víctima de un escalofrío que le recorrió la columna al oír la gutural voz que surgió de entre las sombras a su espalda. Se volvió y escudriñó la oscuridad.

Consiguió distinguir la silueta de una figura alta, iluminada por la luna, a unos pocos metros de donde estaba ella, sola, en la terraza que rodeaba el lujoso ático en el piso cuarenta de uno de los más impresionantes edificios que iluminaban el horizonte de Nueva York. Del interior del apartamento surgían risas y un animado parloteo protagonizado por los cincuenta asistentes a la fiesta. La suave luz que atravesaba las cristaleras solo le permitía adivinar que se trataba de un hombre muy alto, moreno y de anchos hombros. Imponente.

¿Y peligroso?

El recelo que rezumaba cada poro de su piel ante el mero sonido de la gutural y seductora voz le hizo contestar a su pregunta en sentido afirmativo. Rotundamente, sí.

—Pues... sí —los dedos de Thia se cerraron en torno a la barandilla.

—Eres británica —observó él.

—De Londres —confirmó ella secamente con la esperanza de que la dejara en paz.

El horizonte de Nueva York, por impresionante que

resultara de noche, no había sido el motivo por el que Thia había decidido salir a la terraza mientras el resto de los invitados aguardaba expectante la llegada de Lucien Steele, el multimillonario empresario estadounidense, e invitado de honor a la fiesta.

Después de lo que Jonathan le había contado sobre él, no le había encontrado tan atractivo como había esperado. Era un hombre de mediana edad, estatura media, bastante corpulento y aquejado de una incipiente calvicie. Quizás su atractivo residía en su dinero y el poder que ostentaba. En cualquier caso, Thia se había alegrado de su tardía llegada, que le había permitido quedarse a solas en la terraza, en lugar de sentirse sola en la fiesta.

Pero jamás habría esperado encontrarse en esa terraza con un hombre que exudaba un poder y atractivo sexual tan denso que casi se podía paladear.

–¿Una británica de Londres que huye de la fiesta que se celebra ahí dentro? –adivinó la voz gutural con un cierto toque divertido.

Desde su llegada a Nueva York, hacía cuatro días, había asistido a otras tres fiestas como esa y empezaba a sentirse hastiada. La primera había sido divertida, incluso emocionante, y había conocido a personas que solía ver en la televisión o en el cine, actores mundialmente famosos y políticos de alto nivel. Pero abundaba la artificialidad y las conversaciones eran siempre igual, siempre en voz demasiado alta y acompañadas de unas risas aún más escandalosas cuyo objetivo era impresionar o superar a los demás.

Además, apenas había tenido oportunidad de hablar con Jonathan.

Jonathan Miller, estrella británica de *Network*, la nueva serie de intriga de televisión de Estados Unidos, dirigida por Felix Carew, el anfitrión de la fiesta, y co-protagonizada por su joven y sexy esposa, Simone.

El programa había sido todo un éxito desde el principio y Jonathan se había convertido en el niño mimado de la gente guapa de Nueva York. Y, en los últimos cuatro días, Thia había descubierto que en Nueva York había mucha gente guapa.

Pero ni una sola de esas personas había tenido el menor reparo en ignorar a la mujer que acompañaba a Jonathan desde que habían descubierto que carecía de todo valor social o político para ellos.

Lo cual no le importaba, ya que no tenía nada en común con esa gente.

Estaba encantada con el éxito de Jonathan, por supuesto. Se habían conocido hacía un par de años en el restaurante londinense en el que Thia trabajaba en el último turno, permitiéndole así asistir a la universidad durante el día.

Jonathan actuaba en un teatro cercano y solía pedir un par de veces por semana algo para comer a última hora de la noche cuando el teatro cerraba sus puertas.

Las conversaciones mantenidas durante aquellas noches habían dado paso a una serie de citas que se habían prolongado durante unas semanas. Sin embargo, la falta de chispa entre ellos les había relegado a la categoría de amigos. Y, cuatro meses atrás, Jonathan había conseguido el papel de protagonista en la citada serie y Thia se había resignado a perder la amistad con él en cuanto se hubiera instalado en Nueva York.

Le había telefoneado un par de veces y, de repente, el mes anterior, Jonathan había regresado a Inglaterra durante un fin de semana, insistiendo en lo mucho que la había echado de menos y proponiéndole pasar con él todo el tiempo que estuviera en Londres. Había sido divertido. Thia había conseguido tener el fin de semana libre y se habían dedicado a cenar juntos, visitar museos y pasear por el parque. Concluido el fin de semana, Jonathan había regresado a Nueva York para seguir rodando la serie.

Nadie se había sorprendido más que ella cuando dos días más tarde había recibido un billete de avión en primera clase junto con una invitación para pasar una semana en Nueva York.

Enseguida había telefoneado a Jonathan para agradecerle su generosidad y declinar la oferta. No podía aceptarla. Sin embargo, él había insistido, asegurándole que se lo podía permitir y, sobre todo, que deseaba volver a verla. Quería enseñarle Nueva York.

Jonathan había resultado ser muy persuasivo. Y, dado que hacía años que no podía permitirse vacaciones, la tentación había sido demasiado grande y al final había aceptado, con la condición de que cambiara el billete de primera clase por uno de turista. Le parecía casi una obscenidad gastarse tanto dinero en un billete de avión.

Jonathan le había propuesto que se alojara en su apartamento, en un dormitorio solo para ella, asegurándole que solo pretendía que disfrutara de Nueva York junto a él. Y, así, Thia había terminado por gastarse una parte de sus escasos ahorros en ropa nueva.

Pero, una vez allí, había descubierto que la idea que tenía Jonathan de disfrutar de Nueva York distaba bastante de la suya. Todas las noches asistían a alguna fiesta, y él solía dormir hasta tarde para recuperarse. Las tardes solían estar ocupadas con trabajo.

Thia se había empezado a preguntar para qué la había invitado si apenas se veían.

En esos momentos, para variar, Jonathan había vuelto a desaparecer con Simone poco después de su llegada a la fiesta que, según él, era de lo más importante por la presencia de Lucien Steele, el multimillonario propietario de la cadena televisiva en la que se grababa la serie. Thia había quedado pues a merced de cualquier hombre que quisiera abordarla, como ese que tenía a su espalda.

Bueno, quizás ese en concreto no fuera cualquier hombre. La manera en que parecía acaparar el aire que lo rodeaba, le indicaba que no era como los demás.

–Precioso –murmuró el hombre de la voz gutural mientras se colocaba a su lado.

El corazón de Thia falló un latido y sus nervios se pusieron en alerta mientras los sentidos se llenaban de un intenso aroma, ¿a limón?, acompañado de una masculinidad que lo impregnaba todo.

Thia se volvió hacia él y tuvo que inclinar la cabeza hacia atrás. Era mucho más alto que ella, a pesar de los tacones que llevaba. Tenía unos anchísimos hombros y un rostro anguloso bajo la luz de la luna: mandíbula cuadrada, nariz aquilina, labios esculpidos, pómulos prominentes. Y esos chispeantes ojos claros...

Unos ojos de mirada penetrante que la contemplaban con admiración.

Thia suprimió un nuevo escalofrío. Estaba completamente sola con un desconocido.

–¿Han terminado ya de lamer los brillantes zapatos hechos a mano de cuero italiano de Lucien Steele? –preguntó ella presa del nerviosismo, haciendo una mueca ante la dura mirada que el hombre le dirigió–. Lo siento, eso ha sido tremendamente descortés por mi parte –sabía lo importante que era Lucien Steele para el éxito de Jonathan en esas tierras.

–¿Y sin embargo cierto? –preguntó él secamente.

–Quizás –asintió ella–, aunque estoy segura de que

el señor Steele se ha ganado a pulso la adoración que tan efusivamente le demuestran.

–O quizás sea tan rico y poderoso que nadie se ha atrevido jamás a decirle lo contrario –unos dientes inmaculadamente blancos brillaron en la oscuridad.

–A lo mejor –admitió Thia–. Cynthia Hammond –extendió una mano en un intento de impregnar la conversación de algo de normalidad–. Pero todos me llaman Thia.

El hombre tomó posesión de su mano, no había otra manera de describirlo, pues desapareció literalmente dentro de la enorme y bronceada mano. La joven fue incapaz de ignorar el destello de electricidad que recorrió sus dedos ante el contacto.

–No soy aficionado a hacer lo que los demás –murmuró él–. Te llamaré Cyn...

La manera en que lo pronunció, con voz deliciosamente grave y sexy, bastó para iniciar una nueva sacudida en la columna de Thia. Sentía un cosquilleo en los pechos y los pezones se tensaron como bayas maduras, presionando contra el vestido azul.

Una reacción totalmente inadecuada ante un perfecto extraño.

Thia no estaba dispuesta a quedarse allí y dejarse seducir por ese oscuro hombre de aspecto pecaminosamente comestible en su más que evidente carísimo traje, pero que hasta el momento no había tenido la delicadeza de presentarse.

–¿Y usted es...?

–Lucien Steele –la sonrisa lobuna reveló de nuevo la blanquísima dentadura.

–¡Lo dudo mucho! –exclamó ella soltando un bufido.

–¿En serio? –preguntó él en tono divertido.

–No puede ser –insistió Thia.

–¿Por qué no? –él alzó una ceja.

–Para empezar –ella suspiró impaciente–, no es lo bastante mayor como para ser el multimillonario hecho a sí mismo Lucien Steele –calculaba que ese hombre tendría unos treinta y tantos años, diez o doce más que ella y, según Jonathan, Lucien Steele llevaba diez años siendo el hombre más rico de Nueva York, y también el más poderoso.

–¿Qué puedo decir? –el hombre se encogió de hombros–. Mis padres eran ricos, y gané mi primer millón a los veintiún años.

–Además –continuó Thia–, vi al señor Steele cuando llegó a la fiesta.

Imposible ignorar la reacción de los demás invitados. Esa gente, increíblemente rica y guapa, se había quedado en el más absoluto silencio cuando Lucien Steele había aparecido. Y Felix Carew, que no carecía precisamente de poder, se había vuelto absolutamente empalagoso al saludar a su invitado.

–Lucien Steele tendrá poco más de cuarenta años –ella sacudió la cabeza–, y es bastante más bajo que usted, robusto y con la cabeza afeitada.

A primera vista le había parecido más un matón que un magnate.

–Ese debía de ser Dex.

–¿Dex...? –repitió ella dubitativa.

–Sí –asintió el hombre–. Se toma muy en serio su papel de guardaespaldas, hasta el punto de que insiste en entrar primero en cualquier habitación, aunque no sé muy bien por qué –murmuró–. Quizás tema que haya un asesino escondido detrás de alguna puerta.

Thia sintió de repente un vacío en el estómago al oír el tono divertido en la voz de... ¿Lucien Steele?

–¿Y dónde está Dex ahora? –preguntó tras humedecerse los labios.

–Seguramente montando guardia tras los ventanales.

¿Asegurándose de que nadie saliera a la terraza, o de que Thia no pudiera escapar de allí hasta que su jefe lo autorizara?

Frunciendo el ceño contempló a ese hombre, tan cerca de ella que sentía el calor que emanaba de su enorme cuerpo. De nuevo apreció el toque de poder y arrogancia que había percibido la primera vez que había oído su voz.

Como si estuviera habituado a que la gente lamiera sus brillantes zapatos hechos a mano de cuero italiano...

Lucien siguió sujetando la temblorosa mano de Cyn y aguardó en silencio a que la joven recuperara la compostura mientras lo miraba con sus misteriosos ojos azul cobalto.

Unos ojos que se ensombrecieron de aprensión mientras se humedecía los bonitos labios con la rosada lengua.

–¿El Lucien Steele, propietario de Steele Technology, Steele Media, Steele Atlantic Airline y Steele Industries, además de otras cuantas Steele no sé cuántos? –murmuró ella con voz débil.

–Me pareció buena idea diversificar –Lucien se encogió de hombros.

–¿Lucien Steele, el archimillonario? –Thia soltó la mano de Lucien.

–Creo que eso ya lo habías comentado antes –él asintió.

Thia respiró hondo, a todas luces inconsciente de cómo el vestido se ajustaba sobre los pechos y marcaba unos, ¿erectos?, pezones. Unos pezones que seguramente serían de un delicado color rosado. El color no importaba. Seguro que estarían deliciosos, dulces y jugosos, y muy sensibles a las caricias de su lengua...

Se había fijado en Cynthia Hammond desde su llegada al apartamento de Felix y Simone Carew. Imposible no hacerlo, dado que la joven se mantenía apartada del resto de los invitados, al fondo de la inmensa sala. Tenía unos cabellos sedosos y brillantes de color negro que le llegaban por debajo de los hombros, y sus ojos color cobalto destacaban en el delicado y pálido rostro.

Llevaba un vestido largo sin tirantes, del mismo color que sus ojos, que dejaba al descubierto brazos, hombros y la parte superior del escote. La delicada piel, de un tono marfil ligeramente rosado y luminiscente pedía a gritos ser acariciada.

El sencillo vestido se abrazaba a las curvas de sus generosos pechos, la fina cintura y voluptuosas caderas, tanto que Lucien se preguntó si llevaría algo debajo.

Pero lo que más le había llamado la atención de ella, incluso más que la belleza sin artificios o la delicada e inmaculada piel, era el hecho de que, en lugar de abordarle como habían hecho los demás invitados, esa delicada y hermosa mujer había aprovechado el tumulto generado con su llegada para escabullirse y salir a la terraza.

Ni siquiera había regresado cuando, según sus propias palabras, habían concluido los lametones a sus brillantes zapatos hechos a mano de cuero italiano. Había despertado su curiosidad, algo habitual en él, y no se había podido resistir a salir a la terraza tras ella.

Thia respiró hondo nuevamente y los pechos volvieron a hincharse bajo el vestido.

—Le pido disculpas por mi grosería, señor Steele. No hay ninguna excusa para mi comportamiento, pero no estoy teniendo una buena noche, y mi descortesía no ha hecho más que empeorarla –hizo un gesto de desagrado–. Imperdonable.

–Creo que aún no me conoces lo suficientemente bien como para decidir si merezco o no tu descortesía –murmuró él en tono burlón.

–Bueno... no, claro –ella se mostraba visiblemente inquieta ante el énfasis puesto en la palabra «aún»–. Sin embargo –sacudió la cabeza y los sedosos cabellos se deslizaron sobre los desnudos hombros–. No debería haber hablado tan descaradamente sobre alguien que solo conozco por la prensa.

–Sobre todo cuando todos sabemos lo poco rigurosa que puede ser la prensa.

–¡Exactamente! –asintió ella con entusiasmo antes de mirarlo con desconfianza–. ¿No es usted el propietario del noventa por ciento de los medios de comunicación del mundo?

–Eso iría contra las leyes antimonopolio –contestó él impasible.

–¿Acaso los archimillonarios se preocupan por cosas como las leyes? –bromeó Thia.

–Lo hacen si no quieren que sus archimillonarios culos terminen en una celda –Lucien soltó una carcajada.

Thia sintió el ya familiar estremecimiento en la base de la columna ante el sonido de la risa de ese hombre. Por primera vez desde su llegada a Nueva York, se estaba divirtiendo, por mucho que ese hombre la inquietara.

–¿Tienes frío?

La joven no tuvo ocasión de contestar, pues Lucien unió la pregunta a la acción y se quitó la chaqueta para cubrirle con ella los hombros desnudos. La prenda le llegaba casi hasta las rodillas y desprendía un fresco aroma a limón, mezclado con otro más terrenal y masculino.

–De verdad que no...

–No te la quites –Lucien sujetaba la chaqueta con ambas manos sobre sus hombros.

Thia se estremeció nuevamente al sentir el calor que desprendían esas manos. Ni ese escalofrío ni el anterior se habían debido al frío, más bien a la presencia de ese hombre.

Lucien apartó las manos y la contempló con sus pálidos ojos plateados. La ajustada camisa que llevaba revelaba unos hombros impresionantemente anchos, un torso musculoso, y una fina cintura que descansaba sobre unas delgadas caderas que continuaban en dos largas piernas. Era más que evidente que Lucien Steele no se pasaba el día entero en el despacho.

–¿Por qué no estás teniendo una buena noche? –preguntó él.

Pues porque la visita a Nueva York no había resultado ser como ella se la había imaginado. Porque de nuevo había sido arrastrada a una fiesta para ser abandonada a su merced. Cierto que Jonathan no era su novio, pero lo consideraba un amigo, un amigo que había desaparecido con la anfitriona de la fiesta al poco de llegar.

Y, por último, no estaba teniendo una buena noche porque era demasiado consciente del hombre que tenía a su lado, del cálido y seductor aroma que desprendía la chaqueta de Lucien Steele, que la hacía sentirse abrazada por él.

Y también porque no sabía qué hacer con la inesperada excitación que recorría su cuerpo.

–No me gustan esta clase de fiestas –ella se encogió de hombros.

–¿Por qué no?

–No van conmigo –Thia procuró no faltarle al respeto por segunda vez.

–¿Dónde encajas tú entre esta gente? –él asintió–. ¿Eres actriz?

–¡Por el amor de Dios, no!

–¿Aspirante?

–¿Disculpe?

–¿Aspiras a convertirte en actriz? –Lucien se encogió de hombros.

–No, no tengo la menor intención de convertirme en actriz.

–¿Modelo?

–¡Un poco difícil midiendo apenas un metro sesenta descalza!

–No estás colaborando demasiado, Cyn –observó él en tono divertido, no exento de cierta impaciencia.

Thia había presenciado suficientes reacciones de la élite de Nueva York en cuatro días para saber que no tenían el menor interés en cultivar la compañía de una estudiante y camarera inglesa. Lucien Steele tampoco se interesaría por ella en cuanto lo supiera.

–Yo no soy nadie –ella alzó la barbilla–. Solo estoy de visita en Nueva York.

Lucien no podía estar más en desacuerdo. Cynthia Hammond era de todo menos «nadie». Era una mujer cuya belleza y conversación le resultaban tan intrigantes como había esperado que fueran.

–Era el pie para proporcionarle la oportunidad de marcharse –ella enarcó una ceja.

–¿Y por qué iba a querer hacer algo así? –Lucien la miró con los ojos entornados.

–Eso es lo que hace todo el mundo en Nueva York en cuanto comprende que no les resulto de ninguna utilidad –Thia se encogió de hombros.

Conociendo la sociedad de Nueva York como la conocía, a Lucien no le costaba ningún esfuerzo imaginárselo.

–Creo que ya he mencionado que no me gusta considerarme como los demás.

–¿No me diga? –ella se sonrojó violentamente y cerró los ojos–. De nuevo me disculpo. Esta no es mi noche.

–¿Te apetece marcharte? –él asintió–. Podríamos ir a algún sitio tranquilo y tomar una copa.

–¿Disculpe? –Cyn parpadeó perpleja.

–Yo también odio esta clase de fiestas.

–¡Pero usted es el invitado de honor!

–Lo que más odio son las fiestas en las que soy el invitado de honor.

Thia lo miró incrédula sin saber si Lucien Steele le estaba tomando el pelo ni por qué se molestaría en hacer tal cosa.

Sin embargo, la postura y el gesto de ese hombre era de alguien que rara vez bromeaba.

Le estaba pidiendo realmente que abandonara la fiesta de los Carew con él...

Capítulo 2

NO CREO que sea buena idea –Thia sacudió la cabeza y sonrió.

–¿Por qué no?

–¿Siempre se muestra así de persistente? –ella frunció el ceño.

–Cuando hay algo que deseo mucho, sí –contestó Lucien tras reflexionar unos segundos.

La intensidad en la mirada de plata le dejó bien claro a Thia que, en esos momentos, Lucien Steele la deseaba a ella.

Mucho.

¡Perversamente!

Mientras reprimía otro escalofrío, se imaginó esos labios esculpidos y las fuertes manos sobre su cuerpo.

–Creo que debería regresar ahí dentro –se excusó ligeramente aturdida mientras le devolvía la chaqueta–. Por favor –insistió al ver que él no hacía ademán de recuperar la prenda.

Lucien la miró inquisitivo durante varios segundos antes de tomar la chaqueta y dejarla sobre la barandilla, como si no le hubiera costado lo que Thia ganaba durante un año.

–Cyn...

Sin siquiera tocarla, consiguió embelesarla con esa manera tan suya de pronunciar el diminutivo que él mismo se había inventado, con una voz seductora que vibró por todo el cuerpo de Thia, instalándose en los pechos y entre los muslos.

–¿Sí? –respondió ella casi sin aliento.

–Me gustaría mucho que te marcharas de aquí conmigo.

–No puedo –protestó ella ante la voz ronca de ese hombre, que no solo era pecaminosamente atractivo y rico. Seguramente no estaba acostumbrado a pedir nada. Lo tomaba sin más.

–¿Por qué no?

–Es que yo... ¿exactamente de qué color son sus ojos? –fuera cual fuera el color, la tenían hechizada.

–¿Mis ojos? –Lucien parpadeó perplejo.

–Sí.

–En mi pasaporte pone que gris –contestó él con una sonrisa.

–Son de color plata –ella sacudió la cabeza, apenas respirando y consciente de que delatarse tan descaradamente ante Lucien Steele era una locura.

Su piel estaba tan sensible que notaba cada mechón de sus cabellos que descansaban sobre sus hombros y el escote.

Era una reacción desproporcionada y sin precedentes. Ni siquiera le había sucedido con Jonathan, a pesar de su más que evidente atractivo. Pero al mirar a Lucien Steele se descubría pendiente de cada detalle. Era tan poderoso y abrumador que ninguna mujer que estuviera cerca de él podría jamás encontrar atractivo a otro hombre.

–Gris, plata, elige tú el maldito color que quieras si con eso accedes a marcharte conmigo ahora mismo –le urgió Lucien.

¡Qué fuerte era la tentación! Pero no bastaba. Por mucho que Jonathan la hubiera dejado plantada en la fiesta, no podía llegar con un hombre y marcharse con otro diferente. Sobre todo con alguien que le resultaba tan inquietante como Lucien Steele.

Más de metro ochenta de puro músculo. Un hombre demasiado atractivo, demasiado intenso, demasiado de todo, y que le resultaba vergonzosamente tentador.

–He venido con alguien –ella se irguió.

–¿Alguien masculino? –los ojos color plata se entornaron contrariados.

–Sí.

–No llevas anillo –Lucien posó la mirada en la mano izquierda de Thia.

–No es esa clase de amigo –ella sacudió la cabeza.

–Entonces, ¿quién es?

–No creo que sea asunto suyo.

–¿Y si yo decido convertirlo en asunto mío?

–No es más que un amigo –insistió ella con impaciencia sin estar segura de que la afirmación siguiera siendo cierta. Jonathan le había dejado claro que habitaban mundos diferentes y ella no sentía la menor inclinación por formar parte del suyo.

–Pues no será tan amigo si te trajo aquí y te ha dejado sola –él sacudió la cabeza.

–Soy una persona adulta y perfectamente capaz de cuidar de mí misma, mucha gracias –espetó ella aunque no podía estar más de acuerdo con la afirmación de Lucien.

–¿Tanto que has preferido salir aquí sola en lugar de permanecer en la fiesta?

–A lo mejor me apetecía alejarme de tanto lamebotas –lo desafió Thia.

–Zapatos manufacturados de cuero italiano –le corrigió él.

–Lo que sea –ella agitó una mano en el aire–. Además, estoy segura de que usted tampoco vino solo –recordaba vagamente que Jonathan había mencionado algo sobre Lucien Steele y la supermodelo Lindsay Turner, rubia y de más de metro ochenta que no podía ser más diferente de ella.

Lucien apretó los labios al recordar la escena que había protagonizado Lindsay una semana atrás. La modelo había sobreestimado los sentimientos que pudiera tener hacia ella y el resultado había sido el final de una relación que había durado un mes. Él no era hombre de promesas, y mucho menos de compromisos y anillos de boda.

–Pues sí –él hizo una mueca–, y quiero marcharme contigo –añadió, consciente de que era la primera vez en mucho tiempo que deseaba algo con tanta intensidad.

–No sabe nada de mí –insistió ella.

–Y esa es precisamente la razón por la que quiero que vayamos a algún sitio tranquilo para poder hablar, para conocerte mejor –Lucien no se dio por vencido. Cuanto más se resistía esa mujer, más decidido estaba a abandonar la fiesta en su compañía y, de paso, descubrir cuál de los invitados masculinos era ese amigo que Cyn mencionaba.

–¿Nunca le han dicho que es imposible conseguir todo lo que se quiere? –Thia hizo un amago de bromear.

–No –contestó él con la mandíbula encajada.

–¿Y eso se debe a que es tan rico y poderoso que nadie se atreve a corregirle?

–Sin duda –contestó él sin el menor atisbo de disculpa.

Thia soltó una carcajada ante la exasperante arrogancia de ese hombre.

–¡Entonces creo que tengo el honor de ser la primera!

Ha sido... interesante conocerle, señor Steele, pero debo regresar a la fiesta y... ¿Qué hace? –Thia soltó un respingo cuando Lucien inclinó la cabeza y se acercó peligrosamente a su mejilla.

–Quiero... me gustaría besarte –contestó con los labios a escasos centímetros de los de ella–. ¿Me lo vas a permitir?

–No –contestó ella, aunque consciente de que su voz resultaba dubitativa.

–Di que sí, Cyn –insistió él, acariciándole la mejilla con su ardiente aliento antes de levantar la cabeza de nuevo, tocándola únicamente con la intensidad de su mirada.

Thia apenas podía respirar y era incapaz de moverse, cautiva de los ojos plateados, como un ciervo paralizado por las luces de un coche, o un tren de mercancías.

–Le agradezco la invitación, señor Steele, pero no –temblorosa, dio un paso hacia atrás.

–Lucien.

–Prefiero seguir tratándole de usted –ella sacudió la cabeza–. No creo que volvamos a vernos.

–¿Por qué no?

–Porque usted habita este mundo –ella soltó una pequeña carcajada–. Y yo vivo en otro.

–Y, aun así, aquí estás...

–Sí, aquí estoy –pero no volvería a repetirse si podía evitarlo–. Debo regresar a la fiesta.

–¿Para buscar a tu amigo?

–Sí –asintió ella, temiéndose que su «amigo» y ella iban a mantener una pequeña discusión antes de que terminara la noche.

Desde luego no tenía la intención de permitirle a Jonathan arrastrarla a otra fiesta como esa para luego dejarla sola y largarse con la bellísima Simone. La irritante costumbre de olvidar su existencia en cuanto llegaban a una de esas fiestas empezaba a resultar tediosa, además de hacerle perder el tiempo porque no disfrutaba estando allí.

–¿Quién es?

–No es asunto suyo –espetó Thia ante la insistencia de Lucien.

–Al menos dime dónde te alojas en Nueva York –los ojos de plata se entornaron y Lucien encajó la mandíbula.

–¡Eso sí que no es asunto suyo! –exclamó ella–. Y ahora, si me disculpa...

Thia no aguardó ninguna respuesta antes de darse media vuelta y marcharse con la cabeza bien alta mientras se obligaba a caminar despacio para no revelar lo desesperada que estaba por alejarse de la inquietante y atractiva presencia de Lucien Steele.

Y, sin embargo, fue plenamente consciente de la sensual caricia de la mirada gris sobre sus hombros desnudos y por toda la espalda.

–¿Dónde demonios te has metido? –preguntó Jonathan en cuanto entró en el enorme salón de los Carew. La expresión del atractivo y aniñado rostro era acusatoria.

Aquello era totalmente injusto, teniendo en cuenta que se había marchado con la anfitriona, dejándola sola a merced de Lucien Steele, durante casi una hora.

–¿Podemos hablar en un sitio más discreto? –Thia lo miró furiosa, consciente de la silenciosa presencia del guardaespaldas de Lucien, Dex, a pocos metros de ellos–. Preferiblemente en tu coche, después de que nos hayamos marchado –puntualizó.

–Sabes de sobra que aún no puedo irme –protestó Jonathan arrastrándola a un rincón más tranquilo del salón.

–¿Y por casualidad no será porque aún no has podido saludar a Lucien Steele? –preguntó furiosa mientras se frotaba el brazo que Jonathan le había agarrado con tal fuerza que seguramente le quedarían marcas–. Me di cuenta de que la hermosa anfitriona de la fiesta y tú no estabais cuando él hizo su entrada.

–¿Qué insinúas? –rugió él–. ¿Y qué demonios te pasa para que me estés hablando así?

–No me pasa nada –Thia suspiró. No toda la frustración que sentía era culpa de Jonathan.

Seguía alterada por el encuentro con Lucien Steele en la terraza y aún sentía el ligero roce de esos labios sobre su mejilla.

–Yo solo quiero marcharme de aquí.

–Ya te he dicho que aún no puedo irme.

–Entonces llamaré a un taxi.

–¡Tú no te vas a ninguna parte hasta que yo lo diga! –exclamó Jonathan con decisión.

–¿Has estado bebiendo? –Thia lo miró detenidamente y se fijó en el brillo de sus ojos y el inhabitual rubor en las mejillas.

–Estamos en una fiesta –él la miró con impaciencia–. ¡Por supuesto que he bebido!

–Pues, en ese caso, decididamente voy a pedir un taxi para regresar a tu apartamento.

–Ya te he dicho que te marcharás cuando yo lo diga –exclamó él furioso.

–¿Quién te crees que eres para hablarme de ese modo? –Thia lo miró perpleja.

–¡Creo que soy el hombre que te pagó el viaje a Nueva York!

–¿Y crees que eso te da derecho a decirme lo que puedo hacer? –ella abrió los ojos desmesuradamente.

–Creo que me da derecho a hacer contigo lo que me plazca –espetó Jonathan.

–No sé qué te pasa, Jonathan –Thia palideció ante la

amenaza e intentó contener las lágrimas–. Pero no me gusta cómo te comportas. Es evidente que estás borracho. O algo –no estaba del todo convencida de que su estado se debiera únicamente al alcohol.

En realidad, desde su llegada a Nueva York cuatro días atrás, Jonathan no se había comportado como el encantador y despreocupado amigo que había conocido en Londres.

–Creo que será mejor que me vaya ahora, Jonathan. Hablaremos más tarde. O mañana.

–Tú no te mueves de aquí, ¡maldita sea! –Jonathan la agarró nuevamente del brazo mientras la otra mano se cerraba en torno a la muñeca que retorcía dolorosamente.

–Me estás haciendo daño –jadeó ella, consciente de las miradas que les empezaban a dirigir los demás invitados.

–¡Entonces deja de complicarlo todo! Ya te he explicado que no te vas a ninguna parte. Fin de la historia –la mirada de Jonathan se apartó de ella para posarse en algún punto a su espalda mientras la soltaba bruscamente y dibujaba en su rostro la encantadora e infantil sonrisa marca de la casa.

Por el repentino silencio que se produjo, a Thia no le resultó difícil adivinar quién estaba detrás de ella.

Solo un hombre era capaz de causar tal conmoción entre la élite de Nueva York, además de acaparar todo el aire a su alrededor.

El mismo hombre que exudaba tal sensualidad que hacía que el cuerpo de Thia reaccionara al instante.

Lucien Steele.

Tras el desplante de Cynthia Hammond, Lucien había permanecido unos minutos más en la terraza para darle tiempo a su fuerte erección para que se calmara mientras reflexionaba sobre la intensa reacción que estaba experimentando.

Esa piel, delicada y luminosa, había resultado tan suave como se la había imaginado, y aún podía oler su perfume, algo floral y cálidamente femenino. Esa misma calidez lo había abrazado al ponerse de nuevo la chaqueta, dispuesto a regresar a la fiesta.

No recordaba cuándo había sido la última vez que había experimentado una reacción tan visceral hacia una mujer que desearía poder tomar allí mismo.

Y todo resultaba aún más sorprendente en tanto que Cynthia Hammond, con apenas más de metro sesenta, cabellos negros y veintitantos años, no era el tipo de mujer por la que se sentía habitualmente atraído. Las prefería altas, rubias de largas piernas y más cercanas a sus propios treinta y cinco años. Mujeres perfectamente conscientes de que su interés por ellas era puramente físico, y de que sería un interés fugaz.

Esa chiquilla era demasiado joven, demasiado ingenua, para aceptar la intensidad de la pasión que Lucien le exigiría. En poco más de dos semanas, un mes a lo sumo, se sentiría de nuevo inquieto y aburrido de tener a la misma mujer en su cama.

Mejor mantenerse alejado de Cynthia Hammond.

Y lo habría hecho de no haber sido requerido por Dex, quien le había informado de que Jonathan Miller había agredido verbalmente a Cynthia en cuanto había regresado a la fiesta, antes de arrastrarla al rincón en el que estaban.

¿Era Jonathan Miller, la estrella de una de las series de televisión que emitía su cadena, el amigo con el que Cynthia había acudido a la fiesta?

Observó a la pareja que hablaba en voz baja, aunque

en tono claramente acalorado. De repente el bonito rostro había palidecido y Lucien había apretado los puños al comprobar que Miller la agarraba con fuerza, haciéndole daño. La idea de que una sola marca estropeara la perfecta piel le había bastado para atravesar a grandes zancadas el salón.

Jonathan Miller era uno de los motivos por el que se encontraba en Nueva York en esos momentos. El comportamiento del actor en los últimos meses había sido preocupante y había decidido intervenir al saber que la advertencia verbal que le había dado seis semanas atrás sobre su adicción a las drogas y la relación que mantenía con la protagonista femenina, a la sazón casada con el director de la serie, había caído en saco roto.

Pero la reunión privada con el actor tendría que esperar hasta el día siguiente. Por el momento, a Lucien le preocupaba más la actitud agresiva del joven hacia Cyn. Por intensas o exigentes que fueran sus propias necesidades físicas, jamás le haría daño deliberadamente a una mujer. Prefería causar placer antes que dolor, y no iba a consentir que nadie se comportara de esa manera en su presencia.

–¿Preparada para irnos? –le propuso a Thia con voz ronca.

El corazón de Thia dio un brinco al recibir nuevamente la invitación de Lucien Steele para abandonar la fiesta con él, para alejarla de esa pesadilla. Lejos de Jonathan. Un Jonathan que no se parecía en nada al hombre encantador que había conocido dos años atrás, un hombre que había creído ser su amigo.

Pero los amigos no se hacían daño deliberadamente, y aún le dolía el brazo allí donde la había agarrado con fuerza, y la muñeca que le había retorcido. Y no solo le había hecho daño, también la había asustado al hablarle en ese tono de amenaza. Para colmo, se sentía avergonzada al pensar que Lucien Steele podría habar presenciado la escena.

—¿Cyn...?

—Creo que se equivoca, señor Steele —intervino Jonathan con la confusión reflejada en su mirada—. Esta es Thia Hammond, mi...

—¿Cyn...?

Unos largos y finos dedos la sujetaron delicadamente por el codo mientras Lucien Steele seguía ignorando al otro hombre. Thia sintió de nuevo el familiar escalofrío en la columna ante el mero contacto de la mano de Lucien, acompañado de su voz grave.

Lentamente, se volvió hacia él, como una marioneta cuyas cuerdas manejara otra persona. Abrió los ojos desmesuradamente y todo el aire escapó de sus pulmones.

«¡Santo Dios!».

Pues si bajo la luz de la luna, en la terraza, el aspecto de ese hombre había resultado ser espectacular, no era nada comparado con el magnetismo que irradiaba en el ampliamente iluminado salón de los Carew. A pesar del tamaño de la estancia, casi tan grande como una pista de tenis, parecía demasiado pequeña para albergar tanto poderío.

Sus cabellos eran tan negros que parecían casi azules bajo la luz del candelabro. Y su rostro aceitunado aparecía perfectamente esculpido. ¡Y esa boca!, pecaminosamente cincelada. El labio superior era ligeramente más grueso que el inferior y la mandíbula cuadrada se veía oscurecida por una incipiente barba.

Era el rostro de un guerrero, un conquistador, un hombre que tomaba lo que quería sin importarle qué o quién se interpusiera en su camino.

Y, por si tanta belleza salvaje no fuera suficiente, el traje, de corte perfecto, cuya chaqueta había llevado ella colgada sobre los hombros minutos antes, y la camisa de seda blanca resaltaban la perfección de los atléticos hombros y torso, la fina cintura, fuertes muslos y largas piernas envueltas en unos pantalones a juego. Y todo culminado por esos zapatos de cuero italiano.

Un aspecto perfectamente urbanita que quedaba desmontado en cuanto uno se fijaba en el atractivo rostro.

Un rostro dominado por esos increíbles ojos color plata, rodeados por unas largas y oscuras pestañas.

Esos ojos color plata estaban fusionados con los de Thia, manteniéndolos cautivos, negándose a soltarla hasta que se rindiera a ese poder exigente, salvaje...

Capítulo 3

¿CYN? –insistió Lucien por tercera y última vez, dos oportunidades más de las que solía conceder a cualquier otra mujer.

Si Cynthia Hammond lo ignoraba por tercera vez, asumiría que la joven estaba dispuesta a participar de los abusos de Miller. No le agradaba, pero a fin de cuentas no era asunto suyo, por mucho que deseara a esa mujer.

–¿Thia? –Jonathan Miller estaba visiblemente aturdido.

Lucien desvió la mirada de Cyn y la clavó sobre el otro hombre. En los brazos de la joven habían empezado a aparecer moratones allí donde la había sujetado con fuerza y la muñeca estaba roja e hinchada. A juicio de Lucien, un ataque imperdonable sobre esa inmaculada piel.

–Le ha hecho daño, Miller –rugió Lucien sujetando el brazo de Cyn en un gesto protector.

La joven temblaba, lo que le confirmaba que no estaba conforme con el comportamiento de Miller.

El rostro del otro hombre de sonrojó violentamente de ira, una emoción que enmascaró de inmediato tras la aniñada y encantadora sonrisa que tenía embelesados a los espectadores de la serie. Sin embargo, a Lucien lo dejó completamente frío.

–Thia y yo hemos tenido un pequeño malentendido, nada más...

–El malentendido ha sido tuyo, Jonathan, no mío –interrumpió Cyn–. El señor Steele ha sido muy amable ofreciéndose a llevarme a casa y he decidido aceptar su ofrecimiento.

Para el magnate había dos errores en la afirmación. Por un lado, distaba mucho de ser amable. Y, por otro lado, lo que le había propuesto a Cyn era tomar una copa en un lugar más tranquilo que el apartamento de los Carew. No había mencionado nada sobre llevarla a su casa. Sobre todo si esa casa era, casualmente, el apartamento de Miller.

Pero ya se ocuparían de los detalles más tarde. De momento, lo único que quería era salir de allí con Cyn. El fino, aunque curvilíneo, cuerpo seguía temblando ligeramente. Los ojos azul cobalto habían adquirido un tono más oscuro y las mejillas se mostraban deliciosamente sonrojadas. Los jugosos labios y el delicioso busto volvían a tentarlo cada vez que respiraba contra el ajustado vestido.

A Lucien se le ocurría una mejor salida para toda esa emoción contenida, distinta de la ira.

–¿De qué os conocéis? –inquirió Jonathan.

–Si nos disculpa, Miller –Lucien ni siquiera se molestó en mirarlo a la cara, mucho menos contestar a su pregunta. Tras asentir en dirección a Dex, mantuvo a Cyn pegada a él mientras se dirigían al ascensor privado de Carew.

–¿Qué demonios...?

Lucien sonrió satisfecho ante la protesta de Miller, sabedor de que Dex, respondiendo a su silenciosa orden, le estaría impidiendo seguirles. La sonrisa se amplió, y la mirada se congeló al pensar en la conversación que iba a mantener con Miller al día siguiente. Una conversación a la que acababa de añadirse el tema de su manera de tratar a la encantadora mujer que caminaba a su lado.

Thia no tenía la menor idea de qué estaba haciendo al acceder a abandonar la fiesta de Carew en compañía del peligrosamente atractivo Lucien Steele. Sobre todo después de que hubiera dejado claro su interés físico por ella durante el tiempo que habían coincidido en la terraza.

Lo único que quería era salir de allí. Alejarse de un Jonathan al que ya no reconocía. Y también de las miradas de curiosidad de los demás invitados.

Pero ¿era realmente la solución marcharse con Lucien Steele, un hombre tan arrogante que ni siquiera estaba segura de que le gustara?

–¿No deberíamos despedirnos de los Carew? –propuso ella mientras se abrían las puertas del ascensor.

–Dex se ocupará de eso –contestó él despreocupadamente.

–¿Y no deberíamos esperarle? –visiblemente nerviosa, Thia no mostró ninguna intención de entrar en el ascensor.

–Encontrará la salida él solito –Lucien le soltó el brazo y le hizo un gesto para que entrara en el ascensor.

Thia seguía dudando. Desde luego quería alejarse de Jonathan, pero empezaba a darse cuenta de que con Lucien Steele no estaría muy segura, aunque por motivos diferentes.

–¿Has cambiado de idea? –preguntó él en tono burlón.

–No –contestó ella con gesto desafiante mientras entraba en el ascensor seguida muy de cerca por Lucien.

Thia lo miró nerviosa. Lucien era un hombre impresionante en cualquier circunstancia, pero confinado en el reducido habitáculo del ascensor, lo era mucho más.

Era el pecado encarnado, desde los brillantes cabellos hasta la suela de los zapatos manufacturados de cuero italiano.

Estaba tan alejado del mundo de Thia que no tenía nada que hacer allí con él, y mucho menos hundir los dedos en esos sedosos cabellos, tal y como le pedía el cuerpo.

–Pregunta.

La mirada sobresaltada de Thia se deslizó desde los cabellos negros hasta la esculpida perfección de su rostro.

–¿Disculpa?

–Tienes una pregunta para mí –él se encogió de hombros.

–¿De verdad?

–Sí –Lucien sonrió tímidamente.

–Tu pelo –ella frunció el ceño. No podía hablar en serio–. Nunca había visto un color como ese –repitió nerviosa–. Es del color de una noche sin estrellas.

–Eso ha sido una afirmación, no una pregunta.

Era cierto, pero le ponía tan nerviosa que era incapaz de pensar con coherencia.

–Un antepasado mío, hará unos doscientos años, fue un indio apache que dejó embarazada a la esposa de un ranchero –le explicó Lucien–. Los cabellos negros se han perpetuado durante generaciones.

¡Ese hombre era realmente un guerrero! No un vikingo o un celta. Era un nativo americano de los que cabalgaban sobre caballos sin silla y portaban arcos y flechas.

A Thia no le resultaba nada difícil imaginárselo así, con los cabellos negrísimos cayendo sueltos por la espalda desnuda. El cuerpo cubierto únicamente por un taparrabos y sin nada más que lo separara de la piel del caballo...

–¿No me digas que te he dejado muda?

Por su expresión burlona, Thia comprendió que Lucien pretendía escandalizarla, desconcertarla con cuentos de guerreros apaches llevándose a mujeres inocentes con el único propósito de violarlas.

¿Era él la versión moderna? ¿También tenía la intención de...?

–En absoluto –contestó ella con gesto altivo.

–Mi padre es de Nueva York –los ojos plateados seguían con su expresión burlona–, pero mi madre es francesa, de ahí mi nombre. Y ahora es mi turno.

–¿Turno para qué? –preguntó Thia con desconfianza.

–Para hacerte una pregunta –los labios perfectamente esculpidos formaron una sonrisa.

–¿Cuál?

–Cyn, si no dejas de mirarme así, tendré que parar el ascensor y tomarte ahora mismo.

Y para ilustrar la afirmación, pulsó el botón de emergencia y el ascensor se detuvo. Después se acercó a ella, deteniéndose a escasos centímetros.

–Yo... no puedes parar el ascensor así como así –Thia lo miraba con ojos desmesurados, tanto por las acciones de Lucien como por el evidente deseo que subyacía bajo sus palabras.

–Me parece que ya lo he hecho –contestó él con arrogancia.

Thia se sentía totalmente incapaz de apartar la mirada de los intensos ojos color plata.

–Yo... tampoco era una pregunta.

–No.

–¿Y cómo te estaba mirando? –ella dio un respingo.

–Como si quisieras arrancarme la ropa antes de rodearme la cintura con tus piernas mientras yo te tomaba contra la pared –contestó él con voz ronca.

–Yo no creo que... –Thia se quedó sin respiración al imaginarse la escena y las mejillas se le incendiaron.

–Seguramente será mejor que no.

La mirada de Lucien seguía fija en ella y Thia se apartó instintivamente hasta que sintió la espalda aplastada contra la pared de espejo. Él la siguió, acorralándola, y alzó ambas manos hasta colocarlas a los lados de la cabeza de la joven. Después, se inclinó y la taladró con los hechizantes ojos de plata. Thia se humedeció los labios.

–Te advierto que, si vuelves a hacer eso, tendrás que atenerte a las consecuencias.

La lengua de Thia se congeló sobre los labios entreabiertos y de nuevo se sintió como el ciervo paralizado por las luces del coche.

–¿Consecuencias?

–Estoy más que dispuesto a participar en tu fantasía –él asintió bruscamente y la miró con expresión de deseo.

Thia jamás se había enfrentado a un deseo de tales proporciones y se quedó sin aliento mientras se sonrojaba violentamente, presa del impulso de huir de allí.

–¿Qué relación tienes con Miller? –preguntó Lucien bruscamente.

–¿Es esa tu pregunta? –ella parpadeó perpleja.

–Al contrario que mi antepasado apache –él sonrió–, tengo como norma no tomar a la mujer de otro hombre.

–¡Tomar a la mujer de otro hombre! –Thia frunció el ceño–. Hablas como una especie de bárbaro.

–No te imaginas hasta qué punto –en lugar de sentirse insultado, Lucien sonrió de nuevo.

Sí, Thia desde luego se lo imaginaba. Y su reacción ante la sexualidad de ese hombre la aterraba casi tanto como la excitaba.

–¿Cyn?

–Ya te lo he explicado, Jonathan es un amigo –ella se encogió de hombros y los pechos de marfil presionaron tentadoramente el ajustado vestido.

–¿Un amigo que no duda en hacerte daño? –el rostro de Lucien reflejó desprecio al fijarse en los oscuros moratones que empezaban a aparecer sobre la fina piel de los brazos–. ¿Un amigo que te ha dejado estas marcas? –añadió con dureza mientras le acariciaba el brazo.

–Sí –el labio de Thia tembló, como si estuviera a punto de echarse a llorar–. Nunca le había visto comportarse así. Estaba fuera de control –sacudió la cabeza aturdida–. Jamás se había mostrado agresivo conmigo –insistió.

–Supongo que tienes razón –él asintió.

–Me... me gustaría que volvieras a arrancar el ascensor, por favor –las lágrimas amenazaban con desbordarse de sus bonitos ojos.

¡La estaba asustando!

Esa manera de abordarla era demasiado intensa tras haber sufrido la agresión de Miller.

O a lo mejor la relación que mantenía con Miller, y que según ella era solo de amigos, era en realidad algo más profundo, menos inocente de lo que pretendía hacerle creer.

Por su experiencia, Lucien sabía que no había mujer tan ingenua como aparentaba ser Cynthia Hammond. Su ingenuidad lo había animado a revelar más de sí mismo y de su familia en los últimos cinco minutos de lo que le había contado a nadie en mucho tiempo. No se avergonzaba de su herencia, era la que era. Pero prefería que su vida privada se mantuviera privada.

–Te daré un consejo, Cyn –se irguió bruscamente y dio un paso atrás–. En el futuro deberías mantenerte alejada de Miller. No es buena persona.

–¿A qué te refieres? –ella lo miró con preocupación.

–Creo que ya has agotado tu cupo de preguntas por hoy.

–Pero pareces saber algo que yo no sé.

–Estoy seguro de que sé muchas cosas que tú no sabes, Cyn –concluyó Lucien antes de pulsar de nuevo el botón para reanudar la marcha del ascensor.

–Gracias –ella suspiró aliviada.

–No lo he hecho por ti –él sonrió con amargura–. El ascensor lleva tanto tiempo parado entre dos pisos que Dex seguramente se estará imaginando que me has asesinado.

–¿Se trata de un mecanismo de defensa o eres realmente tan arrogante y grosero?

–Bastante de lo segundo y mucho de lo primero.

–Eso pensaba –Thia asintió. Desde que Lucien se había apartado un poco de ella, respiraba algo mejor. Aunque quizás no tanto. La presencia de Lucien Steele era tan arrolladora que nadie podría estar completamente relajado en su compañía.

Lucien volvió a sujetar a Thia por el codo mientras el ascensor llegaba a su destino, las puertas se abrían y ambos salían al vestíbulo de mármol del lujoso edificio de Manhattan.

–¿Cómo...? –Thia abrió los ojos desmesuradamente al descubrir a Dex esperándoles.

–No me mires así, Dex –murmuró Lucien–. Antes

de entrar en el ascensor comprobé que la señorita Hammond no tenía ningún lugar en ese ajustado vestido donde esconder un puñal.

–Definitivamente mucho de lo último –murmuró Thia en referencia a la afirmación previa de Lucien, quien soltó una pequeña risa. Después se volvió hacia Dex y sonrió–. Al señor Steele le gustan sus pequeñas bromas.

–El coche espera a la entrada –el guardaespaldas se limitó a abrir la puerta de la calle.

–Bien –contestó Lucien sin soltar el brazo de Thia mientras se dirigían hacia la limusina negra aparcada junto a la acera con el motor en marcha.

–Puedo tomar un taxi –se apresuró ella.

El comportamiento de Lucien en el ascensor no le animaba a entrar en la limusina con él.

–Entra.

De nuevo esa irresistible expresión se dibujó en el rostro de Lucien mientras, con una ceja enarcada, esperaba a que ella subiera al coche.

–Agradezco tu ayuda ahí arriba –Thia frunció el ceño–, pero prefiero tomar un taxi.

Lucien se limitó a seguir mirándola, pero sin pronunciar palabra. Era un hombre acostumbrado a que todos hicieran lo que él deseaba, cuando lo deseaba, y no le cabía la menor duda de que Thia iba a entrar en esa limusina.

–Podría tomarte en brazos y lanzarte al interior.

–Y yo podría ponerme a gritar si lo intentaras.

–Desde luego, podrías –sonrió él.

–O quizás no –murmuró ella al percibir la inflexibilidad en la mirada gris.

Soltando un suspiro, Thia al fin subió al asiento trasero de la limusina. Apenas había tenido tiempo de sentarse cuando Lucien hizo lo propio. Dex cerró la puerta y se sentó junto al conductor que arrancó el coche y se adentró en el tráfico.

–No me gusta que me den órdenes –le informó Thia.

–¿No?

–¡No! –ella lo miró furiosa–. Y sospecho que a ti te gusta tan poco como a mí –se sentía nuevamente intimidada en el estrecho habitáculo de la limusina de cristales tintados y con una mampara que les separaba del conductor.

–Eso depende de las circunstancias y de qué se me ordene que haga.

–¿Serías capaz de sacar la cabeza del dormitorio siquiera un par de minutos? –Thia se sonrojó.

–No hace falta un dormitorio –Lucien se volvió hacia ella y le rodeó los hombros con el brazo–. Esta parte del coche es completamente privada e insonorizada.

–Por si no te has dado cuenta –ella tragó nerviosamente–, no estoy de humor para juegos sexuales –apartó su muslo del de Lucien y se acercó más a la puerta del coche–. Te ofreciste a llevarme a casa, no a seducirme en el asiento trasero de tu coche.

–Si no recuerdo mal, mi invitación fue para tomar una copa en algún lugar tranquilo –le recordó él con dulzura.

–Tampoco estoy de humor para tomar una copa –ella sacudió la cabeza.

–Entonces, ¿para qué estás de humor?

Thia ignoró la insinuación y reflexionó sobre el comportamiento de Jonathan minutos antes, en el brillo de sus ojos, todo lo cual le desaconsejaba regresar a su apartamento aquella noche. En realidad, lo mejor sería que se trasladara a un hotel hasta el momento de regresar a Londres en un par de días.

No se lo podía permitir, pero alojarse en casa de Jonathan había dejado de ser una opción después del modo en que la había tratado. Además, estaba decidida a reembolsarle, en cuanto le fuera posible, el precio del billete de avión.

–¿Cyn?

Thia se volvió hacia Lucien mientras se humedecía los labios, paralizándose en mitad del movimiento al percibir la intensidad con la que los ojos de plata seguían el movimiento de su lengua.

–¿Podrías dejarme en algún hotel? Que no sea muy caro –añadió, consciente de la poca cantidad de dinero que habitaba su cuenta corriente.

De no haber tenido tantas ganas de llorar, la situación podría haber resultado hasta cómica. Estaba sentada en el asiento trasero de una limusina conducida por un chó-fer, junto al hombre más rico y poderoso de Nueva York, y apenas tenía dinero suficiente para pagar el alquiler del mes siguiente, mucho menos un hotel por poco caro que fuera.

–Al Steele Heights, por favor, Paul –Lucien pulsó el botón del intercomunicador y dio instrucciones al conductor.

–De acuerdo, señor Steele –contestó de inmediato la voz del conductor.

–Es verdad, me había olvidado de la cadena hotelera Steele en mi lista de empresas Steele no sé cuántos –Thia frunció el ceño–. Pero sospecho que ninguno de tus hoteles es poco caro.

–Te alojarás como mi invitada, por supuesto –Lucien sonrió tenso.

–¡No! No –repitió con más calma–. Gracias, pero siempre insisto en pagarme mis gastos.

Thia recordó la única ocasión en que no había sido así, y cómo se lo habían echado en cara. Desde luego no tenía la intención de vivir a expensas de un hombre tan peligroso como Lucien Steele.

Desgraciadamente, con su trabajo de camarera apenas ganaba lo suficiente para vivir. Con suerte, todo eso cambiaría cuando se graduara en unos meses y sacara un máster a continuación. Entonces podría, al fin, conseguir un trabajo a tiempo completo y relacionado con su cualificación académica. De momento, no obstante, no le quedaba más remedio que contar hasta el último penique.

Estaba segura de que el hombre sentado a su lado jamás lo entendería.

—¿Por qué sonríes? —preguntó él con curiosidad.

—No lo entenderías —ella sacudió la cabeza.

—Inténtalo —la animó. Por su solicitud de ser llevada a un hotel, ya no le cabía duda de que Cyn se alojaba en el apartamento de Miller. Y al asegurarle que jamás tomaba a la mujer de otro hombre, lo había dicho en serio.

El matrimonio de sus padres se había deshecho en una situación muy parecida. Su madre había sucumbido a la seducción de otro hombre, más mayor e incluso más rico que su padre. Llevaban casi veinte años divorciados, pero la amargura de la separación había cobrado su deuda sobre Lucien, hasta el punto de que despreciaba profundamente a cualquier hombre o mujer que interfiriese en una relación.

El que Cynthia asegurara que Miller y ella eran solo amigos no cambiaba el hecho de que compartieran el mismo apartamento. Al menos hasta aquella noche.

—Trabajo como camarera para pagarme la universidad. ¿En qué mundo te crees que vivo? Conozco el Hotel Steele de Londres y no creo que pueda permitirme pagar siquiera el armario escobero.

–Ya te he dicho que te alojarás como mi invitada.

–¡Y yo he rechazado tu ofrecimiento! Lo siento –se excusó ante la rudeza de sus palabras–. Es muy amable por tu parte, Lucien, pero no. Gracias. Yo me pago mis gastos.

–¿Cuántos años tienes? –él la miró con los ojos entornados.

–¿Para qué quieres saberlo? –Thia parecía perpleja.

–Compláceme.

–Tengo veintitrés –ella se encogió de hombros–, casi veinticuatro.

–¿Y tus padres no te ayudan a pagar los estudios?

–Lo harían sin duda, si estuvieran vivos –Thia sonrió con tristeza–. Murieron en un accidente de coche cuando yo tenía diecisiete años –explicó–. He estado sola desde entonces.

El tono casual con el que relataba el suceso no engañó a Lucien. Sus propios padres se habían divorciado cuando él contaba dieciséis años y sabía muy bien lo que se sentía cuando los cimientos de tu vida se derrumbaban a una edad tan delicada. La pérdida de Cyn había sido mucho más grande que la suya. Al menos él aún contaba con sus padres.

–Me hago cargo –murmuró.

–¿Disculpa?

–Mis padres se divorciaron cuando yo tenía dieciséis años. Obviamente no es lo mismo, pero el resultado fue igual de devastador.

–¿Por eso eres tan impulsivo?

–A lo mejor –Lucien frunció el ceño. Le había hablado demasiado sobre su vida personal.

–Después del accidente lo pasé muy mal, pero me las he arreglado –añadió ella con orgullo–. Obviamente no tan bien como tú, pero aun así...

–¿Tus padres no te dejaron nada?

–Poca cosa –Thia sacudió la cabeza–. Vivíamos de alquiler en una casa demasiado grande para mí sola –añadió sin rencor–. En cualquier caso, casi he terminado la carrera y pronto podré buscar un trabajo de verdad.

–¿De qué? –a Lucien todo aquello le sonaba muy ajeno a su vida.

–Estudio Literatura Inglesa –ella se encogió de hombros–, quizás busque trabajo en la enseñanza o en publicidad.

–Pues da la casualidad de que una de esas empresas Steele no sé cuántos es la publicitaria Steele Publishing con oficinas en Nueva York, Londres y Sídney.

–Aún no he terminado la carrera –ella sonrió con gesto de disculpa–. Y tampoco pretendo aspirar a algo tan importante como Steele Publishing –concluyó.

Lucien se descubrió preguntándose por la sinceridad de su rechazo. No sería la primera vez que una mujer fingiera no importarle su dinero para luego intentar arrastrarlo a una relación.

Thia aún se preguntaba por qué le había contado todas esas cosas a Lucien. Quizás lo había hecho movida por la propia confesión de Steele sobre el divorcio de sus padres.

Pero lo que sí sabía, por la expresión en la mirada de ese hombre, una expresión de impaciencia que había sido sustituida por otra de desconfianza, era que había llegado a sus propias conclusiones y que estaba completamente equivocado.

–Pídele al chófer que me deje en cualquier lugar

–Thia miró por la ventanilla del coche–. Por aquí hay un par de hoteles baratos.

–¡No voy a dejarte en cualquier lugar! –exclamó él–. Esto es Nueva York, Cyn –añadió ante el amago de protesta de la joven–. No puedes andar sola por ahí. Sobre todo vestida así.

Thia se sintió ruborizar al contemplar el ceñido vestido de noche. Tenía razón. Podría meterse en toda clase de líos si se bajaba del coche con ese aspecto.

–Entonces, sugiéreme algún sitio –insistió.

–Enseguida llegaremos a Steele Heights y sugiero que, para entonces, hayas aparcado ese falso orgullo.

–¡Mi orgullo no tiene nada de falso! –exclamó ella indignada–. Me lo he ganado a pulso.

–Es falso orgullo cuando te pones en peligro por su culpa –insistió él bruscamente–. Y ahora deja de ser tan condenadamente terca y acepta mi ayuda. No me hagas obligarte.

–¡Me gustaría verte intentarlo! –la ira le había incendiado las mejillas.

–¿En serio? –la desafió Lucien–. ¿De eso se trata, Cyn? ¿Disfrutas cuando un hombre te doblega, como hizo Miller hace un rato?

–¿Cómo te atreves?

–Cyn...

–¡Me llamo Thia, maldita sea! –Thia lo acribilló con la mirada mientras intentaba abrir la puerta del coche, puerta que estaba cerrada.

–Dile a Paul que pare el coche y abra esta maldita puerta. ¡Ahora! –masculló entre dientes.

–No será necesario...

–¡Ahora, Lucien! –Thia respiraba aceleradamente. No recordaba haber estado jamás tan enfadada.

–¿No estás siendo un poco melodramática? –Lucien suspiró.

–Estoy siendo muy melodramática –le corrigió ella–. Pero me he sentido insultada. Yo no... ah, Paul –al fin había logrado encontrar el botón que esperaba fuera el intercomunicador.

–¿Señorita Hammond? –contestó el chófer con cierta inseguridad.

–Te agradecería que pararas el coche ahora mismo, Paul, y que abras la puerta, por favor.

–¿Señor Steele? –preguntó el conductor tras una breve pausa.

Thia miró a Lucien con gesto desafiante, retándole a que la contradijera. Estaba tan furiosa con él y su insultante arrogancia que se sentía capaz de golpearlo.

–Para el coche en cuanto puedas, Paul –contestó él después de unos breves momentos–. La señorita Hammond ha decidido dejarnos aquí –añadió mientras miraba por la ventana.

Thia asintió como una niña malhumorada, como si no acabara de insultarla acusándola de... de... ¡Ni siquiera sabía de qué la había acusado!

Mantuvo la mirada fija en la calle hasta que Paul encontró un lugar seguro para aparcar la limusina. La ira se estaba materializando en ardientes lágrimas. Lágrimas que no iba a permitir que viera ese cínico e insultante hombre.

–Gracias –murmuró secamente cuando el coche se hubo detenido y Paul le abrió la puerta. Bajó a la calle y se marchó con la cabeza bien alta, sin mirar atrás.

–¿Señor Steele? –Dex esperaba instrucciones.

Lucien también se había bajado del coche y observaba con gesto contrariado a Cynthia Hammond alejarse por las bulliciosas calles inconsciente, ¿o acaso no le importaba?, de las miradas hambrientas que le dirigía la mayoría de los hombres y las contrariadas de las mujeres.

–Síguela –ordenó Lucien.

Si a Cyn... Thia le preocupaba tan poco su propia seguridad, otro tendría que preocuparse por ella.

Capítulo 4

ALGO verdaderamente desagradable sobre entrar en una habitación de hotel era la sensación inicial de pánico al no saber exactamente dónde te encontrabas. E incluso más desagradable era comprobar que la habitación aún olía al ocupante anterior y sus cigarrillos.

Pero lo peor de todo era regresar a esa habitación de hotel de olor nauseabundo después de haberse dado una ducha templada en el cuarto de baño sin limpiar y comprender que no tenías más ropa que el vestido de color azul que llevabas puesto desde la noche anterior, junto con las minúsculas braguitas y los zapatos de tacón. Un conjunto que pedía a gritos que alguien intentara llevársela a la cama.

La noche anterior se había sentido demasiado furiosa con el arrogantemente insultante Lucien Steele como para fijarse en el decrépito mobiliario y la decoración de la habitación, o en lo ajada que estaba la descolorida toalla con la que se envolvía, y mucho menos en la vista de la oxidada escalera de incendios que se veía desde la ventana.

Al menos había tenido la precaución, tras soportar las lascivas miradas del portero de noche al inscribirse en el hotel, de cerrar la puerta de la habitación con llave y encajar una silla contra el picaporte antes de meterse entre las heladas sábanas.

Apenas había podido dormir, demasiado enfadada con Lucien.

Tras la ducha, se dejó caer sobre la cama y repasó la situación en la que se encontraba por culpa de su ataque de ira. Un horrible hotel y una habitación apestosa que seguramente solía ser alquilada por horas. Normal que el portero de noche la hubiera mirado de ese modo. Seguramente había pensado que sería una fulana esperando a un cliente.

Y en esos momentos, en efecto, se sentía como una fulana esperando a un cliente.

¿Cómo iba a poder marcharse de ese espantoso lugar si ni siquiera tenía ropa que ponerse?

Alguien golpeó la puerta con los nudillos y Thia se puso en alerta.

–¿Sí?

–¿Señorita Hammond?

–¿Eres tú, Dex? –Thia se puso lentamente en pie.

–Sí, señorita Hammond.

¿Cómo demonios había descubierto su paradero el guardaespaldas de Lucien? Y, sobre todo, ¿por qué se había molestado en buscarla?

Pero lo cierto era que no le importaba por qué estaba allí Dex. Se sentía tan aliviada simplemente con saber que estaba al otro lado de la puerta que corrió a abrir.

–¡Gracias a Dios, Dex! –exclamó arrojándose en sus brazos mientras unas ardientes lágrimas rodaban por sus mejillas.

–Eh... señorita Hammond –intervino el guardaespaldas cuando, varios minutos después, las lágrimas no parecían haberse agotado lo más mínimo. Su incomodidad era evidente.

Por supuesto que estaba incómodo, reflexionó Thia antes de apartarse de él. ¿Qué hombre se sentiría cómodo si una desquiciada se arrojaba en sus brazos y empezaba a llorar? ¡Una mujer desquiciada y cubierta únicamente con una toalla de baño apenas lo bastante grande para taparle el pecho y el trasero!

–Siento mucho haberme echado a llorar en tus brazos, Dex –balbuceó ella a punto de soltar una carcajada histérica al comprender el lado humorístico de la situación–. ¡Es que me sentí tan aliviada de ver un rostro familiar!

–¿Cree que podríamos entrar en su habitación un momento? –Dex se removió inquieto cuando un hombre salió de una habitación del pasillo y contempló apreciativamente la casi desnudez de Thia.

–Por supuesto –ella se sintió ruborizar–. ¿Es... es esa mi maleta?

Thia se fijó en la maleta verde que Dex portaba con él. Era tan fea que estaba segura de que tenía que ser la que se había comprado en rebajas para el viaje a Nueva York. La misma maleta que había tenido la intención de recoger, junto con su ropa, del apartamento de Jonathan aquella misma mañana.

–¿Cómo la has conseguido? –miró a Dex con expresión de sospecha.

–El señor Steele la sacó del apartamento de Miller esta mañana.

–¿El señor Steele? –repitió ella–. ¿Esta mañana? Pero si son las ocho y media.

–Tenía una cita temprana con Miller –Dex asintió.

Thia dudaba que a Jonathan le hubiera gustado ese detalle, considerando que no se había levantado de la cama antes de las doce del mediodía desde su llegada a Nueva York.

–¿Y Lu... el señor Steele le pidió mis cosas y él se las entregó sin más?

–Sí –el guardaespaldas apretó los labios.

–Supongo que no fue así de sencillo –supuso ella.

–Quizás hubiera cierta reticencia a cooperar por parte del señor Miller –Dex se encogió de hombros.

Seguro que sí. Jonathan había estado tan enfadado con ella la noche anterior que casi había esperado que se negaría a devolverle sus efectos personales cuando fuera a buscarlos. Un desagradable encuentro que Lucien Steele le había evitado acudiendo él en su lugar. Casi le daba lástima Jonathan al imaginarse cómo debía de haberse desarrollado el encuentro. Casi. Seguía demasiado disgustada con el desagradable comportamiento de su amigo como para sentir demasiada simpatía.

Sin embargo, sí le había sorprendido que Lucien se hubiera molestado en acudir al apartamento de Jonathan para recoger sus cosas. La noche anterior le había permitido marcharse sola por las calles de Nueva York y no parecía un hombre que persiguiera a una mujer que lo hubiera rechazado, tal y como había hecho ella.

–Espero que nadie resultara herido –observó con voz temblorosa.

–No estuve allí, de modo que no lo sé –contestó el guardaespaldas.

–Tenía la impresión de que acompañabas al señor Steele a todas partes –ella frunció el ceño.

–Normalmente lo hago –Dex apretó los labios–. Pero pasé la noche montando guardia en este pasillo, señorita Hammond –la pregunta fue respondida antes siquiera de formularla.

Thia lo miró sorprendida y sujetó la minúscula toalla que amenazaba con caerse. Tenía las mejillas furiosamente incendiadas mientras intentaba conservar su dignidad.

—No tenía ni idea de que estuvieras ahí —de haberlo sabido, seguramente no habría pasado media noche aterrada por si alguien intentaba entrar en la habitación.

Un justo castigo, debía opinar sin duda de Lucien Steele, por el modo en que lo había dejado la noche anterior. Pues de ninguna manera pasaría Dex la noche frente a su puerta sin el conocimiento, ni la orden explícita, de su arrogante jefe.

—Dudo mucho que le hubiera gustado saberlo —Dex sonrió antes de hundir la mano en el bolsillo de la chaqueta y sacar de él un sobre color crema con su nombre escrito—. El señor Steele hizo que Paul trajera la maleta hace un rato, junto con esto.

Thia contempló el sobre como si fuera una serpiente a punto de atacar, consciente de que la escritura de su nombre era obra de Lucien, y temiendo leer lo que había dentro.

Pero al mismo tiempo sentía cierta calidez, una sensación de bienestar al saberse protegida, al saber que Lucien se había preocupado por su seguridad a pesar de lo sucedido la noche anterior.

—Una tal señorita Hammond está en recepción para verlo, señor Steele. No tiene cita, por supuesto —Ben, el asistente personal de Lucien, continuó—, pero parece decidida. No estaba seguro de qué hacer con ella.

Lucien miró furioso a Ben desde el interior del despacho acristalado que dominaba la espaciosa oficina de la planta treinta. Él tampoco estaba muy seguro de qué hacer con ella.

Esa mujer era condenadamente terca, además de ridículamente orgullosa, y Lucien ni siquiera había sido capaz de imaginar su reacción al recibir sus efectos personales en el destartalado hotel que había elegido para alojarse en lugar de la habitación que le había ofrecido en Steele Heights. Desde luego no se había esperado una visita a la oficina de Steele Tower, aunque quizás debería haberlo hecho.

−¿Cómo de decidida, Ben? −Lucien suspiró ruidosamente.

−Mucho −el asistente personal dibujó una mueca en su rostro, como si intentara reprimir una sonrisa.

Lo más sensato, lo más seguro para su propia paz de espíritu, sería no volver a ver a la hermosa Cynthia Hammond y dar instrucciones a seguridad para que la acompañaran a la puerta, ¡como si ella no supiera dónde estaba! Pero, si Cyn estaba tan decidida a verlo, no le cabía duda de que se quedaría sentada ante el edificio esperando a que saliera del trabajo.

−No tengo que marcharme a la siguiente cita hasta dentro de diez minutos, ¿verdad?

−Correcto, señor Steele.

−Entonces que seguridad la acompañe hasta aquí −Lucien asintió.

Se reclinó en el sillón de cuero blanco, consciente de que seguramente acababa de cometer un error. Cynthia Hammond no le causaría más que problemas.

De hecho ya le había provocado una noche de inquietantes sueños de piel sedosa, de hacer el amor en todas las posturas posibles, tanto que había despertado por la mañana con una monumental erección que no había remitido hasta después de darse una ducha helada.

De camino al apartamento de Jonathan Miller, le había pedido a Paul que pasara delante del hotel de Cyn. Y había comprobado que el barrio era de lo peor, lleno de drogadictos y prostitutas, y el hotel mismo era sencillamente indescriptible. Comprendió el tono preocupado en la voz de Dex cuando le había informado por teléfono la noche anterior de dónde se encontraba la joven. ¿Cómo demonios había elegido un lugar como ese?

Dinero. Lucien contestó a su propia pregunta. Por la conversación mantenida aquella mañana con Jonathan Miller, sabía que le había contado la verdad: era una estudiante universitaria que se pagaba los estudios trabajando como camarera y estaba en Nueva York solo de visita.

Su situación financiera no era problema suyo, por supuesto, pero le había enfurecido contemplar la fachada del horrible hotel e imaginarse a esa deliciosa mujer protegida únicamente por la endeble puerta que su guardaespaldas le había descrito. Dex se había mostrado tan preocupado que estaba seguro de que hubiera pasado la noche montando guardia en el pasillo aunque él no le hubiera ordenado hacerlo.

Un ejemplo más de los problemas que le causaba Cynthia Hammond.

–¡Vaya! ¡Qué edificio tan bonito, Lucien, y este despacho es impresionante!

Lucien también soltó una exclamación, aunque para sus adentros, cuando Cynthia Hammond entró en su despacho. Llevaba los cabellos negros sueltos sobre los hombros y el hermoso y delicado rostro desprovisto de maquillaje, a excepción de un poco de brillo rosado en los labios. Vestía un top sin mangas color rosa que dejaba al descubierto los hombros y permitía ver al menos quince centímetros de la tripa. Era evidente que no llevaba sujetador. Y de cintura para abajo llevaba los vaqueros más ajustados y de talle bajo que Lucien hubiera visto jamás. Eran tan ajustados que se preguntó si Cyn llevaría ropa interior...

Y eso no era más que la parte delantera. Por el gesto de Ben, aún de pie en la puerta detrás de Cyn, era evidente que la vista posterior era igual de excitante.

Cyn hacía gala de una elegancia informal, tanto que Lucien se sintió excesivo en su traje de chaqueta negro, camisa de seda azul marino y corbata negra.

–¿No tienes trabajo, Ben? –preguntó bruscamente mientras se levantaba del sillón, sentándose de inmediato al comprender que su erección había vuelto con todas sus fuerzas. Los beneficios de la ducha helada de aquella mañana se habían perdido al volver a ver a Cynthia Hammond.

–Gracias, Ben –Thia se volvió hacia el secretario con una resplandeciente sonrisa antes de devolver su atención al impresionante despacho, aunque no al hombre sentado tras el escritorio. Estaba retrasando deliberadamente el momento de enfrentarse a él.

El despacho no era solo bonito, era enorme. El suelo estaba cubierto de una moqueta negra y un rincón de la estancia estaba amueblado con sofás de cuero blanco y un minibar. El resto estaba ocupado por el gigantesco escritorio de Lucien y, a su espalda, las paredes estaban cubiertas de estanterías repletas de libros. El ventanal ofrecía una espectacular vista panorámica de Nueva York.

Era sin duda el despacho más grande que hubiera visto jamás, pero, aun así, su mirada se vio involuntariamente arrastrada hacia el hombre sentado tras el escritorio de mármol. La estancia era suficientemente grande para albergar media docena de despachos de ejecutivos, pero Lucien parecía controlar y dominar todo el espacio disponible.

¿Igual que la dominaba a ella?

Quizás debería haberse vestido con algo más elegante y no tan informal. En la maleta llevaba una ajustada falda negra y una blusa blanca que, sin duda, habrían combinado mejor que los vaqueros y el top con la decoración del despacho.

Pero ya era demasiado tarde para preocuparse por eso.

–Di lo que tengas que decir, Cyn, y luego márchate –espetó él fríamente–. Tengo que acudir a una cita en cinco minutos.

Thia se quedó sin aliento al contemplar a Lucien, tan espectacularmente guapo como la noche anterior. Durante la noche en blanco casi se había convencido de que no era posible poseer tanto atractivo y que seguramente había bebido demasiado champán.

Sin embargo, se equivocaba. A plena luz del día, Lucien Steele era aún más impresionante. El sol que entraba por la ventana iluminaba sus negrísimos cabellos y el rostro de piel aceitunada dominado por esos increíbles ojos color plata. Sus facciones parecían esculpidas por un artista. Y en cuanto a la envergadura de los hombros...

–Me alegra comprobar que sigues haciendo honor a la opinión que tengo de ti como una persona arrogante y grosera –saludó Thia con exagerada dulzura.

–Pues yo dudo mucho que, después de lo de anoche, quieras conocer la opinión que tengo yo de ti –Lucien la miraba con frialdad.

–No tenía dinero para alojarme en otro lugar.

Thia se sonrojó, consciente de que se refería al hotel que había elegido para pasar la noche y que, sin duda, Dex le habría descrito con todo lujo de detalles.

–No te habría hecho falta dinero si hubieras aceptado ser mi invitada en Steele Towers –le recordó él.

–Aceptar la habitación que me ofreciste me habría hecho estar en deuda contigo –contestó ella con la misma frialdad.

–¿Me estás diciendo que rechazaste mi ofrecimiento porque pensabas que a cambio yo esperaba que me permitieras pasar la noche contigo en la habitación? –Lucien entornó los ojos.

–Bueno, no puedes culparme por pensar algo así después del modo en que me abordaste en la terraza y en el ascensor.

–¿Yo no puedo culparte por pensar algo así? –Lucien enarcó las cejas.

–Pues no –Thia lo miró evidentemente nerviosa ante la tranquilidad en el tono de voz de Lucien.

¡Y hacía bien en estar nerviosa!, pues Lucien estaba furioso, más de lo que recordaba haberse sentido en su vida. Ni siquiera durante la visita al apartamento de Jonathan Miller aquella mañana había tenido la sensación en ningún momento de perder el control. Pero habían bastado unos minutos en compañía de la irritante Cynthia Hammond para desear rodearle el cuello con las manos y apretar bien fuerte.

Sin embargo, era muy consciente de preferir poner esas manos en otra parte de su anatomía, empezando por la excitantemente desnuda y sedosa tripa.

Thia dio un paso atrás cuando Lucien se levantó y rodeó el escritorio. Su proximidad y los zapatos sin tacón que se había puesto le obligaban a inclinar la cabeza hacia atrás para poder mirarlo a la cara. Una cara que le hizo desear ser una artista. Qué satisfacción poder trasladar esos rasgos a un lienzo. Sobre todo si Lucien accedía a posar con la indumentaria tradicional de los apaches y untarse el cuerpo con aceites para resaltar los músculos.

–¿En qué estás pensando, Cyn?

–Yo... –Thia lo miró con expresión culpable, pues se lo estaba imaginando desnudo de cintura para arriba–. Bonito traje –le dedicó una brillante, a la par que falsa, sonrisa.

–Gracias –Lucien hizo una mueca, como si supiera exactamente qué estaba pensando ella–, pero estábamos hablando de tu descuidado comportamiento de anoche –la voz se endureció y todo humor desapareció de su expresión–. ¿Tienes idea de lo que podría haberte sucedido si Dex no hubiera montado guardia toda la noche?

–Fue una estupidez –ella se hacía cargo–. Lo reconozco.

–¿En serio? –insistió él bruscamente.

–Por eso estoy aquí –ella asintió–. Siento haber permitido que Dex montara guardia toda la noche. Siento que hayas tenido que llevarme mis cosas esta mañana. Y siento que me hayas hecho llegar la llave de una habitación del Steele Heights.

En efecto, en el interior del elegante sobre que Dex le había entregado aquella mañana había una llave que abría una habitación del lujoso hotel, habitación que, sin duda, estaba reservada para ella.

Thia había tenido que luchar contra los principios que le impedían aceptarla y recordó el dicho sobre que nunca había que aceptar caramelos de un extraño. Aquello era completamente diferente, pero tampoco estaba de más mostrarse desconfiada. Sin embargo, el orgullo y la desconfianza no le iban a proporcionar un techo aquella noche y era del todo imposible regresar a casa de Jonathan.

–Entiendo que has superado tus escrúpulos y aceptado instalarte en esa habitación –Lucien se reclinó en el asiento. Parecía haber adivinado sus pensamientos.

–Sí –Thia hizo una mueca.

El recuerdo de la lujosa suite compuesta por un salón, dormitorio y un precioso cuarto de baño, bastó para hacerle sentirse segura de lo que había hecho. Le iba a llevar bastante tiempo, pero estaba decidida a reembolsarle a Lucien su generosidad.

–¿Significa eso que ya no te sientes en deuda conmigo? –él enarcó una ceja.

–Creo que la pregunta acertada sería si tú sientes que estoy en deuda contigo.

–Veamos... –Lucien cruzó las elegantes piernas y la observó atentamente–. Anoche abandoné una fiesta estupenda porque pensé que íbamos a tomar una copa juntos. Una copa que nunca tomamos. Te marchaste hecha una furia cuando me ofrecí a llevarte a alguna parte, lo cual me supuso una gran inconveniencia ya que Dex se vio obligado a montar guardia frente a tu habitación toda la noche. Y esta mañana he tenido que pedirle a tu exnovio que recoja tus cosas y las meta en esa horrenda maleta verde lima para que mi chófer la pudiera llevar a ese horroroso hotel –echó una ojeada al reloj de oro que adornaba su muñeca–. Tu inesperada visita ha conseguido que llegue tarde a mi cita. De modo que ¿tú qué crees, Cyn? ¿Estás en deuda conmigo?

–A lo mejor... –dicho así, Thia no tuvo más remedio que asentir.

–Yo diría que no hay «a lo mejor» que valga –lentamente, Lucien se puso en pie y fijó la mirada de plata sobre ella mientras daba un paso al frente.

–¿Qué haces? –instintivamente, Thia reculó, abrumada por el aroma a limón y almizcle.

–¿Qué parece que estoy haciendo?

Estaba tan cerca de ella que sentía el calor que exudaba el cuerpo contra sus desnudos brazos. Su rostro, la boca, estaba a escasos centímetros del suyo.

–A mí me parece que intentas intimidarme –Thia se humedeció los labios.

–¿Y lo estoy consiguiendo? –él la miró con una sonrisa burlona.

–Supongo que ya sabrás que intimidas a todo el mundo.

–No me interesa todo el mundo, Cyn, solo tú.

–Estás demasiado cerca –protestó ella débilmente mientras el corazón latía salvaje en su pecho. Estaba segura de que Lucien lo oiría. O al menos vería cómo sus pechos se elevaban y descendían rápidamente mientras intentaba llenar los pulmones de aire.

–Me gusta estar cerca de ti –Lucien ladeó la cabeza y acercó el rostro aún más a ella.

Y Thia comprendió que a ella le gustaba que lo hiciera. Le gustaba ese hombre y deseaba hacer mucho más que estar de pie cerca de él. Deseaba que Lucien la tomara en sus brazos y la besara. Que le hiciera el amor.

Lo cual era muy extraño porque nunca había sentido la menor inclinación a hacer el amor con ningún hombre. Claro que Lucien no era un hombre cualquiera. Era un personaje oscuro y peligroso, peligrosa y sexualmente atractivo. Jamás se había encontrado en una situación parecida. Era consciente de que sus pechos se habían inflamado, los pezones se habían tensado. Sentía la humedad entre las piernas. Se moría por una caricia de Lucien Steele.

Él pareció interpretar la expresión de deseo en el rostro de Thia, pues sus pupilas se dilataron y, lentamente, agachó la cabeza hasta tomar los rosados labios.

Thia tuvo la sensación de haber recibido una descarga eléctrica de miles de voltios. Y mucho calor. Una ardiente hoguera que recorría todo su cuerpo. Se acercó un poco más al atlético cuerpo mientras las manos se deslizaban hasta los anchísimos hombros, como si se movieran con vida propia. La calidez de las masculinas manos acariciaron la fina cintura y los dedos se hundieron en los sedosos cabellos, posándose en la nuca. Thia entreabrió los labios mientras se perdía en el ardor del beso.

Problemas

Decididamente, Cyn Hammond, con su pelo negro, ojos azules, hermoso rostro y deliciosa figura, era sinónimo de problemas. Con mayúscula.

Sin embargo, en esos momentos, mientras tenía los labios pegados a los suyos y disfrutaba de la suave perfección de su piel, a Lucien no podía importarle menos.

No había cambiado nada desde la noche anterior. Si acaso, que la deseaba aún más.

Lucien intensificó el beso mientras apretaba las deliciosas curvas contra su firme y musculoso cuerpo. Se sentía embriagado, perdido en el sabor de Cyn mientras deslizaba la lengua por el perfecto labio. Soltando un gemido gutural siguió acariciando esos labios con la lengua mientras le acariciaba la espalda hasta alcanzar el redondeado trasero que empujó contra la dureza de su erección.

La sensación no podía ser más agradable y apretó el miembro contra el suave cuerpo mientras la mano recorría el sentido inverso hasta posarse sobre un pecho. Encajaba perfectamente en la palma de su mano y el pezón estaba enhiesto y maduro como una baya. Al acariciarlo con el pulgar, Thia emitió un suave gemido y arqueó la espalda para presionar ese pecho contra él con más fuerza.

Lucien deslizó una mano bajo el top para acariciar el pecho desnudo...

Thia se apartó bruscamente y dio un paso atrás, como si los centímetros que los separaban pudieran enfriar el deseo sexual, o la devastadora sensación del beso y las caricias.

–No –jadeó ella sonrojándose violentamente mientras se colocaba el top sobre unos pechos que anhelaban el placer que su dueña acababa de negarles.

–¿No? –él la miró perplejo.

–No –repitió Thia con más firmeza–. Esto es... yo no hago estas cosas.

–¿Y qué son exactamente «estas cosas»?

–Participar de la seducción en la oficina de un archimillonario.

–¿Y cuántos archimillonarios conoces? –él arqueó una ceja.

–Uno.

–Eso pensaba yo –Lucien asintió mientras cruzaba los brazos sobre el pecho y la miraba con los ojos entornados–. ¿Qué creías que iba a suceder al venir a mi despacho vestida, o mejor dicho desvestida, de esa manera, Cyn? –la brillante mirada de plata se posó en los pechos desnudos bajo el top, en la tripa desnuda y el minúsculo pantalón vaquero.

Thia no había creído nada antes de acudir a ese lugar. Había actuado por impulso, decidida a agradecerle a Lucien su ayuda, deseando acabar con ello cuanto antes. Pero era cierto que no iba vestida precisamente para evitar que la abordara. ¿Lo había hecho deliberada, aunque inconscientemente? Esperaba sinceramente que no fuera así.

–Deja de llamarme Cyn –espetó a la defensiva.

–No puedo evitarlo. Te deseo. Para mí eres la tentación, un caramelo envuelto en ese top rosa que me encantaría chupar entero.

Thia sintió que las mejillas le ardían al imaginarse la escena.

–Tú... yo no... –sacudió la cabeza–. ¿Podríamos regresar a la conversación que estábamos manteniendo? –«¡por favor!», añadió en silencio. Ya tendría tiempo durante el resto del día para recordar y avergonzarse de las caricias de Lucien por todo su cuerpo–. Para que lo sepas, Jonathan no fue más que un amigo.

–Pues ya no lo es –Lucien asintió con amarga satisfacción–. Lo dejó bien claro antes de que me marchara de su apartamento esta mañana.

–¿Qué le dijiste? –Thia abrió desmesuradamente los ojos.

–¿Sobre ti? –él se encogió de hombros–. Dado que no tienes padre ni hermano que te proteja, pensé que alguien debería advertirle a Miller que no debía tocarte nunca más con intención de hacerte daño.

–¡Soy muy capaz de cuidar de mí misma! –exclamó ella indignada.

–¿Por eso pasaste la noche en un hotel de mala muerte? ¿Por eso tienes el brazo cubierto de cardenales? –la expresión de Lucien se ensombreció y su mirada de plata se fijó en los moratones del brazo izquierdo–. De haber sabido hasta qué punto te había lastimado, le habría dado su merecido esta mañana en lugar de limitarme a despedirlo.

–¿Has echado a Jonathan de *Network*? –Thia lo miró espantada, escudriñando el despiadado y atractivo rostro.

–Desde luego que sí –él la miró y sonrió satisfecho.

«Cielo santo...».

Capítulo 5

LA SONRISA de Lucien se congeló al ver la expresión de horror en el rostro de Thia.

–No te agobies. Mi decisión de despedir a Miller no tuvo nada que ver con lo que te hizo o dijo. Aunque, desde luego, influyó en la satisfacción que sentí al hacerlo.

–Entonces, ¿por qué lo despediste? –preguntó ella perpleja.

–¿Podemos seguir con esta conversación más tarde? –Lucien consultó el reloj–. ¿Mientras cenamos? Tengo que irme –metió una carpeta en su cartera de cuero negro y se volvió hacia Thia–. ¿Cyn? –la joven parecía una estatua de sal.

Lucien se sentía más que molesto consigo mismo por haber sugerido lo de la cena cuando sabía que lo mejor para ambos era no encontrarse a solas. Su reacción ante Cyn no tenía nada que ver con la que solía tener con cualquier otra mujer. Claro que ella era muy distinta de las mujeres coquetas, egocéntricas y amantes del lujo con las que solía salir.

–¿Eh? –ella lo miró con expresión neutra.

–¿Cena? ¿Esta noche? –insistió él.

–Yo... no –Thia sacudió la cabeza enérgicamente–. Has sido muy amable conmigo, pero...

–¿Consideras el que haya estado a punto de hacerte el amor como «ser amable»?

–No, claro que no –ella se sonrojó violentamente.

–Cena. Esta noche –insistió Lucien con impaciencia. No recordaba la última vez que había llegado tarde a una cita de negocios. Los negocios siempre eran lo primero para él, el placer iba después. Y estar a punto de hacer el amor con Cyn habría sido puro placer–. Si te sientes más segura, podemos cenar en el hotel.

Thia percibió claramente el tono burlón en la voz de Lucien. Y se lo tenía merecido.

La había besado. Más que besado. ¿Y qué? Ya no era una cría, era una mujer de veintitrés años, y solo porque fuera la primera vez que le sucedía algo como eso no justificaba que se escandalizara como una puritana de la época victoriana.

Además, era evidente que Lucien no le iba a contar nada más sobre sus motivos para despedir a Jonathan, y necesitaba desesperadamente averiguarlo.

¿Podía despedir a Jonathan así sin más? Cierto que se trataba de Lucien Steele, un hombre que había demostrado con creces hasta qué punto le gustaba salirse con la suya, pero el actor sin duda tendría algún tipo de contrato que incluyera una cláusula que le protegiera contra algo así. *Network* era la serie más popular de la televisión estadounidense y despedir a la estrella del programa sería un suicidio tanto para la serie como para la cadena televisiva Steele. Y Lucien Steele era la cadena televisiva Steele.

–De acuerdo, cenaremos en Steele Heights –contestó ella secamente–. ¿A qué hora y en qué restaurante? –había tres en total, y era evidente que no había comido en ninguno de ellos.

–Podemos discutirlo en el coche mientras te acerco

al hotel camino de mi reunión –Lucien tomó la cartera y sujetó a Thia por el codo para empujarla hacia la puerta.

–Aún no voy a volver al hotel –Thia se mantuvo clavada en el suelo mientras disfrutaba del agradable calor que le invadía ante el contacto con la mano de Lucien–. Esta tarde voy a visitar el Empire State Building.

–¿Por qué? –él enarcó las cejas.

–¿Qué quieres decir con eso? –ella lo miró entre perpleja y molesta–. Es un famoso lugar de Nueva York y, después de cinco días aquí, aún no he conseguido visitarlo.

–Nací en Nueva York –Lucien hizo una mueca–, y he vivido aquí la mayor parte de mis treinta y cinco años, pero he de admitir que jamás he subido al Empire State Building.

–Podrías acompañarme –Thia se interrumpió al comprender lo ridículo de la sugerencia.

Lucien Steele el empresario archimillonario no iba a rebajarse a algo tan mundano como acompañarla a ese lugar, más de lo que ella deseaba que lo acompañara. Porque no deseaba que lo acompañara... ¿no? Por un día, ya había sucumbido lo bastante al magnetismo sexual de ese hombre. Ya se había puesto bastante en ridículo.

–Olvídalo –rectificó con una ligereza que estaba lejos de sentir. Estaba demasiado aturdida por lo que acababa de suceder y no pensaba con coherencia–. Has dicho que tenías una reunión –le recordó.

En efecto, la tenía, pero, por unos instantes, Lucien había llegado a considerar cancelar esa reunión para acompañar a Cyn en su visita al Empire State Building. Increíble.

Los archimillonarios lo eran porque no descuidaban los negocios para hacer turismo con una visitante inglesa, ni siquiera cuando esa visitante era Cynthia Hammond, una mujer que parecía poseer la habilidad de hacerle olvidar todo salvo el deseo de estar con ella y hacerle el amor.

Y eso no le había sucedido jamás.

Pero maldita fuera si Cyn no tenía un aspecto totalmente comestible con ese top rosa. No le costaba ningún esfuerzo imaginarse el placer de chupar ese suave y sedoso caramelo.

—Puedo dejarte en el Empire State Building de camino —le ofreció bruscamente.

—Hace un día tan bonito que creo que prefiero ir dando un paseo —Thia rechazó el ofrecimiento y saludó a Ben con la mano mientras se dirigían al ascensor.

La idea de Cyn caminando por Nueva York vestida con un minúsculo top rosa y esos ajustadísimo vaqueros bastó para poner a Lucien de mal humor.

—¿Acaso tienes el menor sentido de la autoprotección? —preguntó bruscamente mientras pulsaba el botón del ascensor que les llevaría a la planta baja.

—¡A plena luz del día, por el amor de Dios! —exclamó Thia.

—Recuérdame esta noche que te hable de las estadísticas de atracos y tiroteos en Nueva York a plena luz del día —Lucien la miró con gesto de impaciencia.

—Aún no me has dicho a qué hora nos reuniremos esta noche, ni en qué restaurante.

—A las ocho —él frunció el ceño—. Baja al vestíbulo. Habrá alguien esperándote para acompañarte al ascensor privado que te llevará al apartamento del ático.

—¿El ático? —ella abrió los ojos desmesuradamente—. ¿Vives en un apartamento en el ático del hotel Steele Heights?

—Cuando estoy en Nueva York, ocupo toda la planta

cincuenta del Steele Heights –Lucien sonrió satisfecho ante el gesto de sorpresa de la joven.

–¿Toda la planta? –ella se quedó boquiabierta–. ¿Qué tienes ahí arriba? ¿Una pista de tenis?

–No precisamente –él sonrió de nuevo–, aunque sí hay un gimnasio completamente equipado, una pequeña piscina y una sauna. También hay una sala de juegos y una pequeña sala de cine privada para unas veinte personas –arqueó una ceja–. ¿Has cambiado de idea sobre cenar conmigo en el hotel esta noche? –los ojos plateados brillaban burlones.

Thia comprendió enseguida que la estaba desafiando. Esperaba que se echara atrás después de conocer que estarían completamente a solas en el apartamento del ático. El sentido común le aconsejaba no aceptar el desafío, recular y reconocer a Lucien como ganador.

Desgraciadamente, ella jamás había reculado ante un desafío. Jamás habría podido sobrevivir a la muerte de sus padres, ni trabajado como camarera durante los últimos cinco años para pagarse los estudios de haberlo hecho. Y no tenía ninguna intención de rendirse.

Incluso aunque sospechara que Lucien no la estaba desafiando a acudir a su apartamento solo por la cena. El principal motivo era, sin duda, que no deseaba ser visto con ella en público.

Lucien Steele era un imán para la prensa que gustaba de fotografiarle cuando acudía a algún restaurante, fiesta o acto, siempre acompañado de una hermosa modelo o actriz. Ser visto con una estudiante y camarera de Londres no encajaba con su imagen.

–De acuerdo –asintió ella bruscamente–. A las ocho en tu apartamento.

–No hace falta que vayas vestida de etiqueta –señaló

él–. Aunque quizás podrías ponerte algo menos descarado que eso que llevas.

–Esta clase de top está muy de moda, Lucien. Todas las mujeres lo llevan.

–Pues ninguna de las mujeres con las que he salido llevaban algo así –le aseguró él.

–¡Pues tú te lo has perdido! –Thia se sintió ofendida ante la mención de las mujeres con las que había salido.

¡Qué ridiculez! El hecho de que fueran a cenar en su apartamento no lo convertía en una cita, solo en una manera conveniente para ambos de terminar la conversación.

–Pues sí –Lucien mostró los dientes en una sonrisa lobuna mientras salían del ascensor y la tomaba de la mano, provocando el sonrojo de Thia–. Nos vemos esta noche, Cyn.

Thia se soltó la mano, consciente de las miradas que le dirigía la gente con la que se cruzaban en el vestíbulo de Steele Tower.

–Espero que estés disfrutando –siseó ella mientras intentaba ignorar el cosquilleo que le recorría todo el cuerpo.

–Tiene sus momentos –él la miró divertido.

–Podrías haberme explicado tus motivos para despedir a Jonathan en todo el tiempo que hemos invertido en bajar aquí desde tu despacho.

–Yo hago las cosas a mi manera y a mi ritmo, Cyn –contestó él secamente–. Si eso te causa algún problema, te sugiero que...

–Yo no he dicho que tuviera ningún problema –espetó ella irritada–. Solo que... ¡da igual!

Lucien tenía la habilidad de privarla del sentido común, además de cualquier posibilidad de resistirse a esa atracción fatal.

Una atracción fatal que afectaba a todas las demás mujeres a su alrededor, a juzgar por las miradas que percibía a su alrededor.

Todas, sin excepción, habían mirado con desaprobación el atuendo de Thia, sin duda preguntándose qué hacía un hombre como Lucien Steele perdiendo el tiempo con alguien como ella. Pero enseguida devolvían la mirada cargada de deseo al hombre que estaba a su lado. Una pobre mujer casi se había tropezado con un tiesto mientras devoraba a Lucien con la mirada.

Y Thia era muy consciente de que ella también lo miraba como las demás.

Desafío o no, jamás debería haber accedido a cenar a solas con él en su apartamento.

Thia miró desolada el caos de su dormitorio en la suite de la décima planta del hotel Steele Heights. La cama estaba cubierta de ropa que se había probado para luego descartar. Encontrar la ropa adecuada para cenar, ¡en quince minutos!, con el peligrosamente seductor Lucien Steele estaba resultando mucho más difícil de lo que había pensado que sería. Y ni siquiera se había secado el pelo ni maquillado.

Había tardado más de lo esperado en poder subir al Empire State Building y, en consecuencia, había regresado muy tarde al hotel. Eso sí, había merecido la pena.

También había tenido la extraña sensación toda la tarde de que alguien la seguía.

Las advertencias de Lucien le estaban volviendo paranoica. Cuando al fin había conseguido bajar del emblemático edificio se había sentido tan incómoda que había decidido tomar un taxi para regresar al hotel.

Después había navegado por Internet durante media

hora, decidida a averiguar más cosas sobre el enigmático hombre con el que iba a cenar.

Para empeorarlo todo, se había quedado dormida, agotada tras una noche en blanco y el cansancio de la visita turística, y no había despertado hasta las siete y media.

Lo cual significaba que se le había hecho tarde, y aún no había encontrado nada adecuado que ponerse para cenar con un hombre como Lucien Steele.

Al fin se rindió y optó por unos vaqueros negros y una blusa ajustada del mismo color azul que sus ojos. No tenía tiempo de volver a repasar el contenido de la maleta. Además, la blusa tenía unas mangas que le llegaban a los codos, una ventaja pues le cubrían los cardenales que le había causado Jonathan y cuya visión enfurecía a Lucien.

Jonathan...

Si se concentraba en el hecho de que había aceptado la invitación a cenar únicamente para averiguar por qué Lucien había despedido a Jonathan de *Network*, quizás podría sobrevivir a la velada.

Minutos después, en el ascensor que subía al ático, Thia certificó que las mariposas que revoloteaban en su estómago no parecían estar haciendo caso de sus razonamientos. Sus cabellos aún no se habían secado del todo y tenía el rostro arrebolado, a pesar de sus intentos de ocultarlo con maquillaje.

El gerente del hotel en persona le había estado esperando en el vestíbulo para acompañarla hasta el ascensor privado que operaba con código secreto. La opulencia del habitáculo en el que ascendía los cincuenta pisos hasta el ático, alfombra negra, un banco pegado a una de las paredes de espejo, un par de tiestos, y saber que la esperaba ese magnífico hombre, era más de lo que Thia se sentía capaz de soportar.

Aunque quizás sus sentimientos se debieran simplemente a la idea de estar a solas con Lucien. La búsqueda en Internet que había realizado le había proporcionado una edad, treinta y cinco años, que el propio Lucien le había facilitado. Hijo único del neoyorquino Howard Steele y la parisina Francine Maynard. Educado en un colegio privado y después en Harvard, se había licenciado en Derecho mientras, en su tiempo libre, diseñaba una nueva consola de juegos y también diseñaba juegos de ordenador, lo que le había proporcionado su primer millón de dólares antes de cumplir los veintiuno. Eso también lo sabía ya por el propio Lucien. Había aprovechado su éxito e invertido los millones en otros exitosos negocios.

También, para mayor pesadumbre de Thia, había habido docenas de mujeres que lo habían acompañado durante los últimos quince años. Damas de la alta sociedad, actrices, modelos. Todas, sin excepción, extremadamente hermosas, altas y rubias.

Y ese era el hombre con el que Thia, de apenas metro sesenta, cabellos negros y pasablemente guapa, había accedido a cenar aquella noche.

Saber que no era su tipo debería haberle hecho sentir menos nerviosa ante la velada que le esperaba. Debería. Pero no lo hacía. ¿Cómo iba a estar tranquila cuando le bastaba con recordar el beso en el despacho, las caricias de esas manos, para saber que la deseaba a pesar de su metro sesenta y cabellos negros?

Y después de todas sus aprensiones, el hombre causante de todas esas mariposas en su estómago no apareció por ninguna parte cuando Thia salió del ascensor en el apartamento del ático segundos después. El apartamento era todo lo que se había imaginado: suelos de mármol blanco, obras de arte colgadas de las paredes color marfil... Avanzó precavida por el pasillo hasta el salón en busca de Lucien. La estancia era espaciosa y elegante, con el mismo decorado minimalista en blanco y negro y cromo que el despacho. ¿Es que ese hombre no había oído hablar de otros colores?

La vista desde los ventanales que abarcaban desde el techo hasta el suelo era aún más espectacular que la que se disfrutaba en el apartamento de Carew.

–Siento no haber estado aquí para recibirte, Cyn. Mi reunión se alargó más de lo previsto y he vuelto hace unos minutos.

Thia se volvió casi furtivamente ante el sonido de la voz de Lucien, muy consciente de que había entrado en su apartamento privado y se había acomodado como si estuviera en su casa. Pero la sensación de culpabilidad no fue nada comparada con la impresión que sintió al verlo. Boquiabierta y sin pestañear contempló el cuerpo prácticamente desnudo.

Era más que evidente que Lucien acababa de ducharse. Sus cabellos negros seguían húmedos y revueltos. Llevaba una toalla colgada de los hombros y como única prenda unos vaqueros descoloridos de talle bajo. El bronceado torso y los hombros quedaban plenamente expuestos, confirmándole la fuerte musculatura que se había imaginado bajo la ropa. Los pezones eran del color y el tamaño de dos monedas de cobre y asomaban entre el vello que trazaba un camino descendente hasta desaparecer bajo la cintura de los vaqueros.

Lucien le había manifestado antes su deseo de lamerle todo el cuerpo, y ella se sentía exactamente igual. Su aspecto resultaba deliciosamente comestible.

–¿Cyn...? –Lucien la miró con expresión inquisitiva al ver que ella no reaccionaba.

Aunque a lo mejor esa era su reacción...

Llevaba otros de esos vaqueros ajustadísimos, negros en esa ocasión, con una blusa ceñida del mismo color azul eléctrico que sus ojos. La tela de la blusa era tan fina que se veía claramente que no llevaba sujetador debajo. Los pezones, hinchados como bayas maduras, se apretaban contra la tela.

—Eh... ¿no deberías terminar de vestirte?

Lucien apartó a regañadientes los ojos de la agradable visión de los pechos y los deslizó hasta el rostro de Cyn, que se sonrojó de inmediato y se removió inquieta, como si los pechos no fueran la única parte de su cuerpo inflamada de excitación.

—Primero te serviré una copa —Lucien arrojó la toalla húmeda sobre una silla y se encaminó al pequeño bar en la esquina del salón—. ¿Agua, vino blanco, vino tinto, algo más fuerte?

¿Estaba pavoneándose intencionadamente para desconcertarla? De ser así, desde luego lo estaba consiguiendo. Thia jamás se había sentido tan incómodamente consciente de la presencia de un hombre en su vida. ¡Ni tan excitada!

Ese hombre debería llevar un cartelito estampado en la frente que rezara: *Peligroso para cualquier mujer con sangre en las venas*, o algo así. En esos momentos sentía tal opresión en el pecho que apenas podía respirar, mucho menos articular palabra.

—Vino tinto será perfecto, gracias —consiguió decir al fin tras aclararse la garganta aunque la voz que surgió no tuvo nada que ver con la habitual.

Aprovechó el momento en que Lucien le dio la espalda para hacer acopio de aire en los pulmones. Pero no pudo apartar la vista de la bronceada espalda cuyos músculos se movían mientras él se inclinaba para elegir una botella y, sobre todo, cuando procedió a descorcharla. En la base de la columna se marcaron dos profundos hoyuelos.

¡Y qué hoyuelos! Thia habría dado cualquier cosa por poder deslizar la lengua por esa deliciosamente musculosa espalda.

—Toma —Lucien regresó a su lado con dos copas de vino tinto y le ofreció una.

La otra copa, evidentemente, era para él, dejando patente que no tenía ninguna prisa por vestirse. ¿Y por qué iba a tenerla? A fin de cuentas estaba en su casa.

La proximidad de Lucien hizo que Thia se sintiera sumergir en el aroma a limones y almizcle que había aprendido a asociar con él. Con mano ligeramente temblorosa, tomó una de las copas que le ofrecía, y derramó parte del vino al ser asaltada por una corriente eléctrica en cuanto sus dedos se rozaron.

—Lo siento —murmuró ella mientras pasaba la copa a la otra mano con la intención de chuparse el vino derramado de los dedos.

—Permíteme —Lucien le tomó la mano mientras la miraba fijamente a los ojos y le lamió él mismo el vino—. Delicioso —murmuró apreciativamente—. Estoy pensando en beber vino siempre así —desde luego su erección estaba de acuerdo, de eso no había duda.

—Lucien...

—¿Sí? —él seguía lamiendo los dedos de Thia, incluso cuando ya no quedaba vino en ellos, disfrutando del temblor en la delicada mano y de la respiración agitada que hacía que los pechos subieran y bajaran contra la ajustada blusa.

—¿Lo estás haciendo a propósito? —furiosa, ella retiró bruscamente la mano.

–¿El qué?

–¿Te importaría ponerte algo de ropa? –ella lo miró con los ojos entornados.

–Pareces un poco... tensa esta noche, Cyn –Lucien se irguió–. ¿No te ha satisfecho la visita al Empire State Building?

–El Empire State Building es tan maravilloso como me lo había imaginado. ¡Y yo no estoy tensa! –Thia se apartó bruscamente hasta que consideró que la distancia entre ellos era la suficiente.

Lucien estaba tan excitado que dudaba que Cyn estuviera a salvo de él aunque se marchara al otro extremo del mundo.

La reunión de la tarde no había ido bien. No, lo cierto era que la reunión no era la culpable de su impaciencia e insatisfacción. Los culpables habían sido los pensamientos intrusivos que había tenido durante la larguísima reunión, pensamientos de piel sedosa, de pezones erectos, del delicioso sabor de sus labios. Además, le gustaba esa mujer, su sentido del humor, la manera en que le contestaba. ¡Le gustaba todo de ella! Al final había tenido que solicitar la interrupción de la reunión y su aplazamiento para otro día.

No le gustaba nada que los pensamientos sobre Cyn interfirieran en su trabajo, pero solo con echarle un vistazo, vestida con esos ajustados vaqueros negros y la delicada blusa azul, los sedosos cabellos sueltos, su irritación desaparecía de inmediato, sustituida por un intenso deseo.

–Creía que había sido invitada a cenar –espetó ella–. ¡No a presenciar un espectáculo de desnudo masculino!

Lucien no hizo ningún esfuerzo por ocultar su sonrisa de satisfacción ante la evidente incomodidad de la joven al contemplar su torso desnudo. Era lo menos que se merecía después de haber invadido sus pensamientos durante toda la tarde y cuando su erección palpitaba dolorosamente contra los vaqueros.

–Voy más vestido de lo que iría en una playa –razonó él.

–Por si no te habías dado cuenta, no estamos en una playa –Thia frunció el ceño–. Y no tengo ninguna intención de permitir que te diviertas a mi costa esta noche.

–Aún no he empezado a divertirme, Cyn –él la miró con gesto burlón.

–Y por lo que a mí respecta, no vas a empezar –ella dejó la copa con gran estruendo sobre la mesita de café antes de volverse con evidente intención de marcharse.

Lucien alargó una mano y la agarró del brazo en el momento en que pasó por su lado, pero aflojó la presión de inmediato al percibir el gesto de incomodidad de Thia.

–¿Todavía te duele la muñeca y el brazo?

–No. Estoy bien –ella sacudió la cabeza y evitó mirarlo a los ojos–. Me has pillado desprevenida, eso es todo.

–No te creo.

–No me importa –ella suspiró impaciente–. ¿Qué haces? –exclamó cuando Lucien le soltó el brazo, pero la atrajo hacia sí y empezó a desabrocharle los botones de la blusa–. ¿Lucien? ¡Para! –gritó mientras le daba frenéticos manotazos.

–No me fío de ti y quiero comprobar por mí mismo si estás tan bien como aseguras –murmuró él sin dejar de desabrocharle los botones.

–¡He dicho que pares! –Thia se apartó bruscamente de él.

El movimiento fue seguido de un sonido de tela desgarrada. Lucien no la había soltado y la blusa se rompió dejando al descubierto los pechos desnudos de Cyn.

Unos rotundos y hermosos pechos sobre los que destacaban dos rosados pezones, duros y erectos ante la apreciativa mirada de Lucien.

Capítulo 6

NO ME puedo creer lo que acabas de hacer! –Thia fue la primera en reaccionar. Con manos temblorosas intentó juntar las dos mitades de la blusa sobre los pechos descubiertos mientras miraba a Lucien con expresión acusatoria.

Se sentía mortificada por su desnudez frente a un hombre que ya de por sí le resultaba excesivamente atractivo para sentirse a gusto con él.

El ardor que desprendían los ojos de plata le hicieron temblar las rodillas.

–En realidad, si lo piensas bien, lo hicimos los dos –se defendió Lucien con rabia–. Tú te echaste hacia atrás, y yo no te solté –se encogió de hombros.

–¡Pero es que, para empezar, no deberías haberme desabrochado los botones! –exclamó Thia furiosa. La ira le servía para ahogar su vergüenza, y la excitación que sentía.

–Quería ver los moratones. Y aún sigo queriendo verlos –añadió él con decisión.

–Pues viste mucho más que mis moratones –espetó ella–. Creo que ya habíamos hablado de mis sentimientos sobre lo que quieres o dejas de querer. Y ahora mismo lo que querías ha destrozado mi blusa. Una blusa que me gustaba mucho y por la que tuve que ahorrar semanas hasta poderla comprar.

–Mañana mismo te compro otra.

–¡Qué bien! Todo solucionado, ¿verdad? –Thia soltó un bufido–. Ya me parece oírte hablar con la tienda: «Envíen una blusa azul a la suite de la señorita Hammond en el hotel Steele Heights. La que llevaba puesta la hice jirones» –exclamó ella con voz afectadamente grave–. ¿Te burlas de mí, Lucien? –estaba casi segura de haberle visto reprimir una sonrisa.

–Es increíble lo bien que has imitado mi voz –Lucien rio en voz baja.

–Bueno, definitivamente ya no puedo quedarme a cenar contigo.

–¿Por qué no? –preguntó él con gesto repentinamente serio.

–¿Hola? –ella lo miró perpleja–. ¿Blusa rota y sin sujetador?

–Ya me he dado cuenta –Lucien asintió y los ojos de plata brillaron de nuevo divertidos–. Nos hemos visto en tres ocasiones, y en ninguna de ellas llevabas sujetador –añadió.

Las mejillas de Thia se tiñeron de un profundo color rojo. Con el vestido que había llevado la noche anterior era imposible encajar un sujetador en su interior, y las caricias de Lucien en el despacho le habrían revelado la ausencia de la prenda bajo el top rosa.

–Yo... el uniforme que llevo en el restaurante es muy grueso y da mucho calor, de modo que no suelo llevar sujetador y ha acabado por convertirse en una costumbre.

–No me malinterpretes. No me estoy quejando.

–¿Y por qué no me sorprende? –para ser sincera ella también tenía ganas de reírse. Oír la tela rasgarse, ver la expresión de espanto en el rostro de Lucien, había sido como una telenovela. Salvo que Thia no tenía la intención de dejarle escapar de rositas.

No tenía la menor duda de que había sido un accidente, y que tenía tanta culpa como él. Pero dejar al descubierto sus pechos había resultado más vergonzoso que divertido.

Lucien le ponía nerviosa. Y la blusa rota era la excusa perfecta para anular la cena.

—Aún no hemos hablado de la situación de Jonathan Miller.

¿Había dicho deliberadamente lo único que conseguiría que ella se quedara donde estaba?

A Lucien le había puesto de muy mal humor saber que Thia trabajaba en un restaurante sin llevar sujetador, con esos deliciosos pechos bamboleándose bajo el uniforme para mayor deleite de los clientes.

Y también le había puesto de mal humor el que estuviera considerando finalmente cenar con él solo por la mención a Jonathan Miller, el hombre que la había lastimado físicamente y responsable de que hubiera pasado la noche en un hotel de mala muerte.

Pero lo peor de todo era que, por lo que había averiguado tras la conversación con Miller, había estado utilizando a Cyn. Había pensado, equivocadamente, que su presencia en el apartamento de Nueva York daría la impresión de que su aventura con Simone Carew había finalizado. Y Cyn era totalmente ignorante de ese hecho.

—¿Y bien? —preguntó bruscamente.

—Si tuvieras una camiseta que pudiera ponerme... —ella frunció el ceño—. Y quizás, ya de paso, podrías buscar una para ti también —añadió esperanzada.

¿Cómo conseguía esa mujer que se le pasara el enfado, que tuviera ganas de sonreír, cuando segundos antes había estado de un humor pésimo? Por culpa de ella precisamente.

–¿Tanto te incomoda? –sonrió él mientras cruzaba los brazos sobre el pecho.

–¿Todo ese asunto de verte desnudo? Pues sí –asintió Thia–. Además, no es correcto.

–¡Ese sería un reproche típico de mi madre! –Lucien no solo sonreía, también reía.

–¿Y?

–Y no seré yo quien desobedezca a una mujer capaz de regañarme como mi madre.

–Qué gracioso –ella lo miró irritada.

–Te traeré una de mis camisetas –Lucien se encogió de hombros saboreando ya lo sexy que estaría Cyn con una de sus enormes camisetas.

–De repente te muestras muy solícito –Thia entornó los ojos.

–¿Comparado con...?

–Comparado con tu habitual actitud dominante –Thia se interrumpió al ver que Lucien daba un paso hacia ella.

–¿Sabes una cosa, Cyn? –murmuró él–, no es buena idea insultar al anfitrión de la cena.

–¿Te refieres al mismo anfitrión que me destrozó la blusa hace unos minutos?

El mismo anfitrión al que le encantaría terminar de arrancarle esa blusa.

Esa mujer, demasiado joven para él tanto en años como en experiencia, y demasiado deslenguada para su gusto, le hacía olvidar todas sus normas sobre las mujeres con las que salía: mayores, con experiencia, que sabían exactamente qué iban a obtener, o mejor qué no iban a obtener, de él, como el matrimonio o una relación duradera.

Haber ganado una fortuna antes de cumplir los veintiuno le había abierto rápidamente los ojos al hecho de que la mayoría de las mujeres solo veía el signo del dólar cuando lo miraban a la cara, no al hombre que había detrás.

Hasta el momento, Cyn había rechazado todos sus ofrecimientos de ayuda, económicos o de cualquier tipo, y ese orgullo e independencia le hacían desearla aún más.

—Ahí te doy la razón —Lucien se irguió bruscamente—. Vuelvo enseguida.

Thia admiró el fácil caminar de Lucien mientras abandonaba el salón y, únicamente al saberse sola de nuevo, fue capaz de respirar con normalidad. Era muy consciente de haber evitado, aunque solo en parte, vivir una situación físicamente explosiva. Y también sabía que quizás no tendría la suficiente fuerza de voluntad para resistir otra más.

Lo cierto era que, cada vez que miraba esa fascinante y bronceada piel desnuda, sentía un cosquilleo en los pechos y humedad entre los muslos.

Lucien era, sin duda alguna, el hombre más guapo e inquietante que hubiera visto jamás. Tenía un cuerpo tonificado y atlético, aunque no en exceso. Y su rostro era de una belleza dura, perfectamente esculpida.

Y en esos momentos se encontraba totalmente a solas con él, en el apartamento de la planta cincuenta, con una blusa desgarrada fuertemente sujeta sobre el pecho.

—Aquí tienes... ¿qué te pasa? —preguntó abruptamente Lucien al regresar al salón y percibir la intensa palidez en el rostro de la joven que lo miraba con ojos llenos de preocupación—. ¿Cyn? —insistió cuando ella se limitó a mirarlo.

—Creo que, después de todo, será mejor que me marche —contestó ella nerviosa.

—¿Qué has comido hoy? —Lucien frunció el ceño.

—Compré un perrito caliente en un puesto callejero camino del Empire State Building.

—Entonces necesitas comer. Ponte la camiseta y vamos a la cocina a ver qué nos ha traído Dex para preparar la cena —le ofreció una camiseta blanca que había elegido tras ponerse él mismo un polo negro de manga corta para cubrir el torso desnudo que tanto parecía inquietar a Thia, tanto como ella lo inquietaba a él.

—¿Dex también te hace la compra? —ella lo miró con ojos desmesurados.

—Cuando es necesario, sí.

—¿Y qué más hace para ti?

—Muchas, muchas cosas —contestó él.

—De todos modos, seguramente no tendrías idea de cómo se compra —espetó Thia.

—Seguramente no —le concedió Lucien—. ¿Te preocupa que vayamos a comer aquí?

—Es que pensaba que pedirías algo al servicio de habitaciones —ella se encogió de hombros.

—Casi siempre lo hago —él asintió.

—Pero esta noche has decidido hacer una excepción —afirmó ella con convencimiento.

—Pensé que preferirías comer aquí. Pero, no me digas, ¡no sabes cocinar!

—¡Por supuesto que sé cocinar! —se defendió ella mirándolo con ojos cargados de sospecha—. ¿Me estás desafiando para conseguir salirte nuevamente con la tuya?

—¿Y está funcionando? —Lucien enarcó una ceja.

—Sí —parte de la tensión abandonó el rostro de la joven.

—Pues eso era exactamente lo que hacía.

–¿Por qué te empeñas tanto en mantenerme aquí en tu apartamento?

¡Lucien no tenía la menor idea! Sobre todo cuando su idea inicial al invitar a Cyn a cenar en su apartamento había sido simplemente observar su reacción ante la proposición.

–¿Y por qué te empeñas tanto en marcharte? –aquello se había vuelto en su contra.

–Un rostro de ángel y las artimañas de un demonio...

–¿Disculpa? –Lucien había oído las palabras murmuradas en un susurro. Había comprendido perfectamente el significado, pero intentaba hacerle pronunciarlas de nuevo, sobre todo esa parte sobre el ángel...

–Nada –Cyn se negaba a complacerle y sacudió la cabeza–. De acuerdo. Pásame la camiseta –la tomó y la sujetó contra su cuerpo–. ¿Por qué no te vas a la cocina mientras me quito la blusa y me pongo la camiseta?

–¿Y qué si prefiero quedarme aquí mientras te quitas la blusa?

Lucien disfrutó con el rubor que coloreó de inmediato las mejillas de Thia. Le encantaba provocarla. A pesar de lo irritante y tozuda que era, provocarla se estaba convirtiendo en uno de sus pasatiempos preferidos.

–¡La vida está llena de pequeñas decepciones! –exclamó ella con fingida dulzura.

–No sería una pequeña decepción, Cyn –le aseguró él. Nada le gustaría más que ver cómo Cyn se desnudaba, permitiéndole contemplar esos rotundos pechos y sus rosados pezones.

–Márchate –insistió ella.

–Y tú me acusas de ser mandona...

–Tú lo has convertido en un arte. Yo me limito a usarlo como mecanismo de defensa.

–¿Necesitas defenderte de mí? –Lucien le dedicó una sonrisa traviesa.

–Estás tergiversando mis palabras deliberadamente –ella lo miró irritada.

–A lo mejor lo hago porque intentas estropearme la diversión –él se encogió de hombros.

–¿Lo dices porque no te permito quedarte ahí babeando mientras me cambio de ropa?

–Yo nunca babeo, Cyn –contestó Lucien–. Si me quedara aquí, sería para admirarte sin más.

–Pues no te vas a quedar.

Lucien sonrió. Esa joven estaba adorable cuando se ruborizaba.

¿Adorable? Ninguna mujer le había parecido adorable jamás.

Hasta ese momento...

Porque Cyn, acalorada, angustiada y aferrándose a la enorme camiseta como si fuera su única protección, estaba decididamente adorable.

–De acuerdo, te dejaré tranquila para que te cambies –murmuró secamente–. Me llevaré el vino y las copas.

–De acuerdo –ella asintió distraídamente.

Habría accedido a cualquier cosa para verlo marchar. Como si esa débil barrera, cualquier barrera, le hubiera frenado si hubiera decidido que la quería desnuda, pensó Lucien.

–¿Hiciste que Dex me siguiera hoy? –preguntó Thia con voz ronca al entrar en la cocina.

Lucien estaba sacando diversas cosas de una enorme nevera cromada que ocupaba la mitad de una pared de la preciosa cocina. Los suelos eran de mármol blanco y el mobiliario de un color gris claro. En medio de la estancia había una enorme mesa de madera con utensilios colgando de un soporte junto a una cocina blanca y gris.

Lucien no respondió a su pregunta.

–¿Lucien? –insistió ella mientras recuperaba la copa y tomaba un sorbo de vino.

–Me he distraído con ese aspecto tan sexy que tienes y he olvidado la pregunta.

Era mentira. Ese hombre nunca olvidaba nada. Jamás. La mentira era lo bastante elocuente como para servir de respuesta. En efecto, había dado instrucciones a Dex para que la siguiera toda la tarde. Thia no estaba muy segura de qué sentimientos le despertaba ese hecho. Por un lado se sentía irritada porque la había hecho seguir, pero también le preocupaba que Lucien lo considerara necesario.

Además, el último calificativo que podría aplicársele con esa camiseta era «sexy». Las costuras de los hombros le llegaban a medio brazo, por tanto las mangas cortas le cubrían los codos. La camiseta era tan ancha que caía sobre su cuerpo como un saco llegándole hasta las rodillas. Bueno, como un saco no, comprendió mientras miraba hacia abajo. La tela se ceñía a sus pechos y se adivinaban claramente los erectos pezones.

Aun así, la palabra que ella habría empleado para describir su aspecto sería más bien «ridícula», no «sexy».

–¿Hiciste que Dex me siguiera hoy? –insistió.

–Sí.

–¿Puedo preguntarte el motivo?

–Puedes preguntármelo si eres capaz de preparar una ensalada al mismo tiempo –Lucien parecía totalmente relajado mientras colocaba los ingredientes para la ensalada sobre la mesa de la cocina y volvía a la nevera para sacar unos filetes.

–Soy una mujer, Lucien –Thia puso los ojos en blanco–.

Lo que mejor se nos da son las multitareas –le aseguró mientras procedía a lavar las verduras.

–Eso suena interesante –Lucien arqueó burlonamente las cejas.

Cada vez que coqueteaba con ella, Thia se sentía completamente hechizada por ese hombre, pero no podía permitírselo.

No solo eran doce años los que les separaba, como evidenciaban las fotos que había visto de él en Internet, acompañado de numerosas mujeres con las que había compartido su vida. O más concretamente, su cama.

A los veintitrés años, Thia seguía siendo virgen, aunque no deliberadamente.

Había estado tan ocupada sobreviviendo desde la muerte de sus padres que solo había tenido alguna cita ocasional, y rara vez había repetido con el mismo hombre. Jonathan había sido la única excepción, pero nunca había pasado de ser un amigo.

Pero en las veinticuatro horas que hacía que conocía a Lucien Steele, no había pensado en otra cosa que no fuera acostarse con él. Hacer el amor con él.

Raro.

¡Peligroso!

Porque Lucien la deseaba, pero nunca se involucraba en una relación a largo plazo. ¿Por qué iba a hacerlo si podía tener a cualquier mujer que deseara, a tantas como deseara?

–¿En qué piensas tan concentrada como para tener el ceño fruncido? –preguntó él.

Thia dejó de imaginarse cómo sería que Lucien se enamorara de ella. Una idea ridícula, dado que ella no era su tipo.

Aun así, allí estaba, en su apartamento, con un relajado y encantador Lucien, intentando preparar la cena juntos como cualquier pareja que pasara la noche en casa.

–Nada importante –contestó Thia tras tomar otro sorbo de vino–. ¿Tienes algún aliño para la ensalada o preparo yo uno?

–¿Sabes hacerlo?

–Soy camarera, ¿recuerdas? –Thia lo fulminó con la mirada.

–Eres una estudiante –le corrigió él–. Lo de camarera solo es un trabajo para tus ratos libres.

–No, en realidad soy una camarera que intenta sacarse la carrera en sus ratos libres –insistió ella con firmeza–. Y aún no has contestado a mi pregunta.

–¿Tu pregunta...?

–¿Por qué hiciste que Dex me siguiera hoy? –insistió.

–Dex sugirió que sería necesario –Lucien se encogió de hombros–. Y yo estuve de acuerdo.

–¿Qué quieres decir con eso?

–Quiero decir que Dex estaba tan preocupado como yo ante el hecho de que anduvieras sola por las calles de Nueva York. Podrían haberte atracado o atacado. Lo que me recuerda... –Lucien se acercó a ella y le agarró la muñeca, todavía ligeramente enrojecida por culpa de Jonathan. Después le levantó la manga de la camiseta y reprimió un respingo al ver los moratones que destacaban sobre la blanca piel de sus brazos.

–Parece peor de lo que es –Thia se soltó y volvió a ocuparse de la ensalada–. ¿No deberías empezar a preparar los filetes?

–Desviar la atención solo retrasará lo inevitable, Cyn. Antes o después vamos a tener que hablar de esos moratones –afirmó él con gesto serio.

–Pues que sea después –contestó ella–. Los filetes, Lucien –insistió.

–De acuerdo, Cyn –Lucien suspiró–, por ahora lo haremos a tu manera –asintió–. Comeremos primero y luego hablamos.

–¿Entonces es verdad lo que dicen de los hombres, que no saben hacer dos cosas a la vez? –ella sonrió traviesa.

–A lo mejor preferimos hacer una cosa a la vez y asegurarnos de que esté bien hecha –murmuró él mientras hacía todo lo posible por mitigar la irritación que sentía cada vez que veía esos moratones sobre la delicada piel de Thia.

–Pues es evidente que malgastas tus dotes como empresario, Lucien –ella se sonrojó de nuevo–. Deberías ser comediante.

Sin embargo, lo que estaba haciendo Lucien era también desviar la atención sobre el tema.

Porque se sentía furioso por los moratones y no quería responder a su pregunta sobre los motivos para hacer que Dex la siguiera aquella tarde.

Desde luego era consciente de que, en algún momento, iba a tener que contestar a esa pregunta, pero aún no. Hablar de la razón por la que Dex la había seguido hasta el Empire State Building, y cómo su preocupación se había asociado de inmediato a Jonathan Miller, no era compatible con el disfrute de preparar juntos la cena y degustarla después. Y, a pesar de la irritación inicial, estaba disfrutando plenamente de la compañía de Cyn.

–¿Cómo te gusta la carne? –preguntó mientras encendía el fuego de la parrilla y esperaba no haber olvidado cómo freír unos filetes. Cyn había acertado plenamente; hacía años que no cocinaba, ni para él ni para nadie más.

–En su punto, por favor –contestó ella distraídamente mientras echaba la ensalada en un cuenco de madera–. ¿Vamos a comer aquí o en el comedor?

–¿Qué prefieres tú?

–¿Estás pidiendo mi opinión sobre algo? –Thia enarcó las cejas.

–Las jovencitas deslenguadas suelen terminar por recibir un cachete...

–Los anfitriones que amenazan a sus invitadas suelen acabar comiendo la ensalada atiborrada de pimienta de cayena –ella abrió los ojos desmesuradamente–. ¿Qué pasa? –preguntó cuando Lucien empezó a reír–. No suelen contestarte así, ¿verdad? –comprendió.

–No –admitió él–. Mi madre lo hace de vez en cuando, pero es una cosa entre madres e hijos –se encogió de hombros.

–¿Sigues unido a tus padres? –Cyn lo observó atentamente.

–No les veo tan a menudo como podría, o debería, pero sí, sigo unido a ambos.

–Eso está bien.

–¿No tienes familia?

–Cercana, no –Thia hizo una mueca–. Pero no sientas lástima por mí, Lucien –añadió en tono casual–. Mis padres fueron estupendos. Los perdí antes de tiempo, pero me sigo considerando afortunada por haberlos tenido, por haberlos amado y por haber sido amada por ellos durante diecisiete años.

Cuanto más conocía Lucien a Cynthia Hammond, más admiraba el hecho de que fuera distinta a cualquier otra mujer que hubiera conocido jamás. Era un ser hermoso, por dentro y por fuera. De haber querido, durante los últimos seis años podría haber usado esa belleza en su favor, consiguiendo un marido rico que la mantuviera. En cambio, había optado por la independencia.

No se compadecía de sí misma por la prematura pérdida de sus padres. Se sentía agradecida por haberlos tenido el tiempo que habían estado allí. Y, en lugar de quejarse por haber tenido que valerse por sí misma, había estudiado una carrera universitaria. Y, en lugar de lamentar el hecho de que Jonathan Miller, un hombre que ella había creído ser su amigo, le hubiera traicionado, había hecho todo lo posible por mantenerse leal hacia él.

Todo ello empezaba a convertirse en una irresistible combinación para Lucien, unido al hecho de que le hacía reír con su alegría e ingenio, que era deliciosamente hermosa y visiblemente inteligente.

Poco después, sentados el uno frente al otro en la pequeña mesa del salón, iluminada por velas, Lucien descubriría que, además de todo lo anterior, esa joven comía con tal deleite que terminó por disfrutar solo con mirarla, en lugar de comerse su propia comida.

La expresión de placer en el hermoso rostro mientras probaba el postre, tarta de queso estilo Nueva York de una famosa pastelería, fue casi orgásmica. Sus ojos estaban cerrados, las mejillas arreboladas, los labios fruncidos y ligeramente húmedos.

Lucien gimió para sus adentros cuando la erección, que ya de por sí se había mantenido palpitante y dolorosa dentro de los vaqueros durante toda la cena, se hizo aún más grande, como si tuviera vida propia.

Sus pensamientos se habían vuelto hacia la posibilidad de llevarse a Cyn a la cama, de hacerle el amor hasta ver esa misma expresión de placer en su rostro una y otra vez. Orgasmo tras orgasmo.

–Estaba buenísima –Thia suspiró mientras dejaba el tenedor sobre el plato de postre vacío–. ¿No te vas a comer la tuya? –hasta ese momento no se había dado cuenta de que Lucien la estaba contemplando en lugar de comer su propia porción de tarta de queso.

Cenar con Lucien Steele había resultado una experiencia mucho más agradable de lo que había anticipado. La comida había estado buena y la conversación había sido agradable. Habían discutido sobre sus gustos respectivos en libros, películas, televisión y arte. Sorprendentemente, habían coincidido en muchas opiniones, y cuando no había sido el caso, habían discrepado en tono amigable. A Thia le gustaba mucho más ese Lucien relajado. ¡Le gustaba demasiado!

–Tómala –Lucien empujó el plato hacia ella.

–No podría tomar un bocado más –lo rechazó ella antes de soltar una carcajada–. Apuesto a que cada vez te alegras más de no haber sido visto en público conmigo. Desde que he llegado a Nueva York no he visto a una sola mujer disfrutar de la comida. Se supone que lo correcto es picotear del plato antes de apartarlo con gesto de desinterés. Yo siempre he disfrutado demasiado de la comida para hacer algo así –sacudió la cabeza–. Además, es una grosería no comer cuando alguien te invita y cocina para ti. Me ha gustado mucho más que si hubiésemos comido fuera. Cocinar es seguramente lo más normal que he hecho desde mi llegada a Nueva York. ¿Crees que...? –Lucien se había quedado muy callado.

Algo inusual en él que siempre parecía tener una opinión sobre todo.

–¿Lucien? –Thia percibió el intenso brillo plateado de sus ojos. Tenía la mandíbula encajada y los labios apretados, signos evidente de disgusto.

¿Qué había dicho para molestarle? Quizás no le había gustado el comentario sobre la sociedad neoyorquina. A fin de cuentas él era un miembro de esa sociedad.

Fuera lo que fuera, era evidente que a Lucien no le había gustado.

Capítulo 7

LUCIEN sentía una gélida opresión en el pecho que apenas le permitía respirar, mucho menos hablar. Cyn pensaba que... creía que...

Bruscamente se levantó de la mesa, hundió las manos en los bolsillos y se volvió hacia la ventana. Respiraba profundamente por la nariz en un intento de controlar su ira.

–¿Lucien?

La duda en la voz de Cyn no hizo más que aumentar su irritación. Minutos antes habían estado charlando amigablemente, discutiendo ocasionalmente sobre algún libro, película o cuadro, pero casi siempre coincidiendo en sus gustos.

La agradable conversación, unida al deleite que mostraba ella al comer, había hecho que se relajara como no lo había hecho nunca con ninguna otra mujer. Aunque también era muy consciente de los sedosos cabellos negros, los preciosos ojos color cobalto, las mejillas sonrojadas, el mohín de los labios fruncidos, la manera en que sus pechos se marcaban bajo la camiseta... Y el hecho de que ella no pareciera siquiera notar la atención que le estaba prestando también formaba parte del disfrute de Lucien. No había sufrido el habitual coqueteo de las demás mujeres, el evidente despliegue de encantos sexuales con el objeto de impresionarlo. Cyn había sido la misma de siempre. Una deslenguada que encontraba inmensamente atractiva.

Respiró hondo antes de volverse hacia ella.

–¿Has pensado que no te he llevado a un restaurante porque no quería ser visto contigo en público?

O sea, que ese había sido el comentario que tanto le había molestado.

–No es para tanto, Lucien –ella se encogió de hombros–. Créeme, he visto fotos de las mujeres con las que sueles salir y no me acerco siquiera...

–¿Dónde has visto esas fotos? –le interrumpió él.

–Yo, eh, hice una búsqueda sobre ti esta tarde –admitió Thia a regañadientes–. Estaba utilizando ese mecanismo de defensa que tan poco pareces apreciar.

–Y después de haber leído sobre mí –Lucien asintió secamente–, de ver las fotos de las mujeres con las que suelo salir, llegaste a la conclusión de que te mantenía oculta en mi apartamento porque no quería ser visto en público contigo.

–No, no. Eso lo decidí después de recibir tu invitación a cenar esta mañana.

–¿Qué puedo decir? –él enarcó las cejas.

–¿Cuándo fue la última vez que le preparaste la cena a una mujer en tu apartamento?

–¿Qué tiene eso que ver?

–Contesta a la pregunta, Lucien, por favor.

–Creo que hoy es la primera vez que he preparado la cena en mi apartamento.

–Ahí voy –Thia ya se había dado cuenta de que los utensilios parecían nuevos.

–Si tanto te interesa saberlo –Lucien apretó los labios–, te invité a cenar aquí porque sospeché que entrarías en un estado de pánico, y quería comprobar cuál sería tu reacción.

—Y yo acepté tu desafío —ella sacudió la cabeza.

—Sí, lo hiciste —él asintió.

—No ha sido buena idea desafiarme, ¿eh?

—No lamento ni un solo instante de la velada.

Thia se sonrojó violentamente al recordar el episodio de la blusa.

—Pero también eras muy consciente porque anoche te expliqué que la sociedad neoyorquina no tiene ningún interés en profundizar la relación con una camarera de Londres. Imagínate la impresión que causaría si vieran a Lucien Steele conmigo.

—Me da igual lo que piensen los demás —contestó él con impaciencia.

—No me ofende en absoluto, Lucien —Thia sonrió—. Me lo he pasado muy bien esta noche. Y en cuanto a la sociedad neoyorquina, a mí tampoco me gustan ellos, ¿por qué iba a preocuparme lo que pensaran de mí?

—¿Y tampoco tienes el menor interés en saber lo que yo opino de ti?

La pregunta era difícil de contestar. Thia se sentía tan atraída hacia Lucien que, por supuesto, le importaba gustarle o no. Pero al mismo tiempo le daba igual porque, después de aquella noche, no volverían a verse jamás. El dinero de la suite, que pensaba pagarle en cuanto pudiera, podía enviárselo a su despacho de Steele Tower. No había necesidad de volver a verse nunca más, lo cual, aunque decepcionante, formaba parte de la vida.

—Me gusta considerarme una realista, Lucien —contestó ella en tono casual—. Archimillonario Lucien Steele —señaló ella—, y Cynthia Hammond, camarera y estudiante que vive al día —se señaló el pecho—. No es precisamente la mejor base para una amistad.

–¡No tengo el menor interés en ser tu amigo! –exclamó él.

–Creo que acabo de decir... –ella dio un respingo.

–No tengo el menor interés en ser amigo tuyo porque quiero ser tu amante. Tócame –Lucien dio un paso al frente y le tomó la mano con impaciencia antes de llevarla al bulto que se marcaba bajo los pantalones.

Thia no se había dado cuenta de la excitación de Lucien. Pero ya era imposible permanecer impasible a ella, no cuando sentía la larga dureza del inflamado miembro de Lucien, el calor que le quemaba la punta de los dedos al acariciarla tímidamente. Al sentir la sacudida, abrió los ojos desmesuradamente.

–¿Y una opción anula la otra? –Thia se humedeció los labios y miró a Lucien.

–Por mi experiencia, sí.

Y por la limitada experiencia de Thia, también.

Solo había salido con media docena de hombres en los últimos seis años, y la relación siempre había terminado en amistad, incluyendo la de Jonathan.

–Deja de pensar en Miller –espetó Lucien.

–¿Cómo sabías...? –ella parpadeó perpleja.

–Creo que soy lo bastante inteligente como para saber cuándo la mujer con la que estoy piensa en otro hombre –contestó él bruscamente. Conocía lo suficiente la mirada de Thia como para saber que ya no le estaba dedicando su atención. Lo cual, considerando que tenía la mano sobre la palpitante erección, no podía ser menos halagador.

–Dudo que te haya sucedido tan a menudo como para que sea así –ella sonrió.

–Que yo sepa, jamás me había sucedido.

Lucien le tomó la mano y tiró de ella para que se pusiera de pie. Con la otra mano le tomó la barbilla, obligándola a mirarlo.

–Y sí, antes te he desafiado. Quería alterarte un poco al invitarte a mi apartamento. Pero no decidí cenar aquí para mantenerte oculta. Y me ofende que lo hayas pensado siquiera –Lucien se sentía más que ofendido, se sentía herido.

Thia lo comprendió perfectamente al mirar su rostro. Los ojos brillaban furiosos y las mejillas estaban oscuras. Los labios habían quedado reducidos a una fina línea.

–Te pido disculpas si me equivoqué.

–Te equivocaste –espetó él–. Y sigues estando equivocada.

Ella asintió. Lucien estaba demasiado alterado como para mentirle.

–¿He conseguido arruinar la velada? –ella lo miró a través de las largas pestañas.

–No tengo la menor idea.

–¿Y qué tal si recogemos todo esto mientras lo decides? –Thia respiraba agitadamente.

–¿Estás siendo complaciente conmigo, Thia? –preguntó él con los ojos entornados.

–¿Y está funcionando? –el hecho de que Lucien la hubiera llamado «Thia» por primera vez era claramente indicativo de lo alterado que estaba.

–Quizás un poco –parte de la tensión abandonó los hombros de Lucien–. Podemos dejarlo todo aquí para que se ocupe el servicio doméstico mañana por la mañana.

–Oh... –el estómago de Thia dio un vuelco.

–No sé cómo lo haces –él sacudió la cabeza.

–¿Hacer el qué? –ella lo miró con curiosidad.

–Hacerme reír cuando hace unos segundos estaba

tan enfadado contigo que me apetecía besarte hasta dejarte sin sentido –sacudió nuevamente la cabeza.

–¿Sin sentido? ¡Vaya! –Thia lo miró con gesto burlón.

–¿Lo ves? –Lucien soltó una carcajada.

El deseo en la mirada de plata le indicó a Thia que había llegado el momento de sugerir el regreso a la suite del hotel, agradecerle a Lucien la cena, su compañía y conversación, y marcharse sin volver a verlo ni oír de él nunca más.

–¿Y una cosa anula a la otra? –Thia no se resignaba a llevar a cabo la última parte del plan.

–¿Me estás diciendo que quieres que te bese hasta dejarte sin sentido?

–Lo quiero incluso más de lo que disfruto viéndote reír –ella respiró hondo, consciente de que había llegado el momento de la verdad.

–Tendrás que estar muy segura, Thia –le advirtió él–. Te deseo tanto que, en cuanto te tenga en mi cama, es poco probable que te deje marchar hasta haberte hecho el amor por lo menos una docena de veces.

El corazón de Thia dio un brinco cuando la conversación pasó de besarla hasta dejarla sin sentido a llevársela a la cama. El pulso latía con tanta fuerza que temió que le estallara el pecho al liberarse toda la pasión que contenía. ¡Lucien Steele quería hacerle el amor!

–¿Podrías hacerlo? Yo creía que los hombres necesitaban un tiempo para... para recuperarse después de... ya sabes.

–Intentémoslo, ¿de acuerdo? –Lucien arqueó las cejas–. Además, no recuerdo haber hablado de un límite de tiempo para hacerte el amor una docena de veces.

Cierto, reconoció Thia. Las mejillas le ardían, ¿de vergüenza o excitación? No lo sabía.

–Solo me queda un día más en Nueva York, y ¿tú no tienes que trabajar mañana?

–No si estás en mi cama –le aseguró Lucien.

El corazón de Thia latía alocado en el pecho y la respiración era jadeante. Se sentía como si estuviera al borde de un precipicio: a su espalda, la seguridad de la suite del hotel. Frente a ella la incógnita de la cama de Lucien por una noche.

–Bueno, pues...

Lucien estaba a punto de perder el control. La menor provocación por parte de Cyn lo haría saltar por los aires y le arrancaría esa camiseta del mismo modo que le había desgarrado la blusa antes.

Era una sensación muy rara para un hombre que jamás perdía el control, ni de las situaciones ni de sí mismo. Pero esa mujer, apenas lo bastante alta como para llegarle a los hombros, y tan delgada que podría aplastarla si la abrazaba con demasiada fuerza, le había hecho perder el Norte desde la primera vez que la había visto.

¡Tan solo hacía veinticuatro horas!

–Bueno, pues... ¿qué? –la animó él.

–Vamos a la cama –Cyn tragó nerviosamente antes de contestar.

–¿Se acabaron las excusas y las preguntas? ¿Vamos a la cama sin más?

–Si a ti te parece bien –ella se humedeció los labios–. Sí.

¿Si a él le parecía bien?

Si Cyn supiera cuánto desearía poderle arrancar la ropa allí mismo antes de tumbarla sobre la alfombra y tomarla, seguramente huiría espantada. Esa mujer lo volvía loco.

Y por eso no iba a hacer nada de eso. A punto de caer sobre el precipicio, necesitaba aflojar el ritmo, más por el bien de Cyn que por el suyo propio. Porque no quería asustarla con la intensidad del deseo que despertaba en él.

–Me parece mucho más que bien, Cyn –le aseguró él, soplando las velas antes de rodearle la cintura con un brazo y guiarla fuera del comedor y por el pasillo hasta el dormitorio.

El nerviosismo de Thia se acrecentaba con cada paso que daba hacia la cama de Lucien. ¡Iba a compartir esa cama con él!

Las demás mujeres, las que había visto fotografiadas con él, parecían sofisticadas y seguras de sí mismas, y sin duda tenían mucha experiencia. Ese aspecto solo podía conseguirse a través de la confianza en la propia sexualidad. Mientras que ella...

¡Por el amor de Dios!, tenía veintitrés años y alguna vez tendría que perder la virginidad. ¿Por qué no hacerlo con Lucien, un hombre que encontraba físicamente excitante y demoledoramente atractivo? Un hombre que le hacía sentir protegida y segura. Deseada.

¿Eso era todo? ¿No sentía nada más por Lucien?

¿No estaba ya un poco enamorada de él?

¿No sería el peor error de su vida enamorarse de un hombre cuyas relaciones nunca duraban más de un mes?

–¿Cyn?

Ella pestañeó al comprender que, mientras estaba perdida en sus pensamientos, habían llegado al dormitorio principal, el dormitorio de Lucien. Una enorme cama con dosel dominaba la estancia en penumbra. Una penumbra que le impedía adivinar si los colores de la decoración eran los mismos que acompañaban siempre a Lucien. La alfombra bajo sus pies era, desde luego, oscura, al igual que las cortinas y la colcha y cojines de satén amontonados sobre la cama.

–Si no estás segura, dilo ahora –le animó Lucien sujetándola por la cintura y girándola para que ella lo mirara.

Si había una cosa sobre la que Thia estaba segura, era de desear a Lucien. Su cuerpo dolía de deseo, sus pechos estaban hinchados y los pezones erectos. Entre los muslos sentía una ardiente humedad. Pero tenía muchísimo miedo de defraudarle.

Habría sido mejor que le hubiera hecho el amor en el comedor, sin darle tiempo para pensárselo, para ponerse tan nerviosa.

Pero ese era Lucien Steele, un hombre sofisticado. No la clase de hombre que se desesperaba tanto por una mujer que le arrancaba la ropa, bueno, aparte de la blusa. Pero aquello había sido más producto de un accidente que de la pasión. Tampoco era la clase de hombre que hacía el amor de manera salvaje y desesperada.

Thia se mordisqueó nerviosa el labio inferior mientras miraba esos ojos plateados que la contemplaban con intensidad.

–Estoy un poco nerviosa –admitió ella al fin–. No tengo tanta experiencia como tú, y además están todas esas otras mujeres...

Lucien la acalló posando un dedo sobre sus labios.

–Estoy médicamente limpio, si es eso lo que te preocupa.

–No lo es –le aseguró ella sonrojándose violentamente–. Y yo, eh, también estoy limpia –¿cómo no estarlo si jamás había hecho el amor?

—Esta es la última vez que hablamos de otras personas en nuestras vidas —dijo Lucien.

—Pero...

—Cyn, ninguno tenemos experiencia el uno con el otro —él deslizó las manos hasta sus ruborizadas mejillas—. Parte de la diversión será aprender qué caricias le gustan más al otro.

¿Diversión? Acostarse con un hombre, hacer el amor con él, ¿eso era diversión? Thia nunca lo había considerado desde ese punto de vista, pero no tenía motivos para dudar de la palabra de Lucien. Siempre se había mostrado sincero con ella.

—Tienes razón —ella se sacudió de encima el nerviosismo—. ¿Puedo usar el cuarto de baño?

—Por supuesto —Lucien la soltó y dio un paso hacia atrás—. No tardes —añadió con voz ronca mientras le abría la puerta del cuarto de baño y encendía la luz.

Thia se apoyó contra la puerta. Las piernas le temblaban tan violentamente que no era capaz de tenerse en pie.

Lucien contempló la puerta cerrada del cuarto de baño durante varios segundos después de que Cyn la hubiera cerrado. Le preocupaba la reacción de la joven. Estaba más que nerviosa. Parecía casi asustada. ¿De él? ¿De cualquier hombre?

¿Por qué? ¿Había tenido una mala experiencia en el pasado? ¿Algo que ver con Miller? ¿Qué motivo había para que le pusiera tan nerviosa la idea de acostarse con otro hombre? Lucien se arrepintió de no haber golpeado a Miller aquella mañana cuando este le había entregado las pertenencias de Cyn sin siquiera preguntar por el destino de la joven.

Fuera cual fuera el motivo de nerviosismo de Cyn, no tenía ninguna intención de contribuir a él y se alegraba de haberse controlado minutos antes. Quería hacerle el amor de modo lento y placentero, por mucho que le costara controlarse. Deseaba tocar y darle placer hasta que ella no pudiera pensar en nada que no fuera él y en hacer el amor con él.

¿Hacer el amor? ¿Se estaba enamorando de Cyn?

El amor era una emoción que siempre había evitado, de ahí el tipo de mujer que siempre elegía. Cyn no era como esas mujeres. Y, en efecto, sentía que se le había colado tras la defensa.

Pero en esos momentos no le apetecía analizarlo con demasiada profundidad.

Lucien atravesó el dormitorio y encendió la lámpara de la mesilla de noche antes de abrir la cama y quitarse la ropa. El miembro viril se bamboleó dolorosamente, liberado del confinamiento de los vaqueros.

Se quedó de pie junto a la cama, contemplando las sábanas de seda negra mientras se imaginaba a Cyn tumbada allí, hermosa, pálida, dispuesta para él. La mera idea bastó para que la erección palpitara dolorosamente y empezara a gotear.

¡Cielo santo!

Lucien se agarró el miembro para secar el líquido con una mano, consciente de que jamás se había sentido tan excitado, tan necesitado de una mujer. Al menos no del modo en que necesitaba o deseaba a Cyn.

Thia contempló su reflejo en el espejo del cuarto de baño tras haberse desnudado. Tenía el rostro pálido, los ojos brillantes, los cabellos sedosos y negros sobre los hombros. Tenía una piel suave e inmaculada, los pechos firmes y altos sobre los que destacaban los rosados pezones. La cintura era estrecha y las suaves caderas enmarcaban los oscuros rizos entre los muslos. Unos muslos largos y finos.

Por más que esperara no iba a estar más preparada para salir ahí fuera.

Pero el valor no incluía salir del cuarto de baño desnuda, y se puso una bata de seda negra que había encontrado colgada de la puerta, evidentemente la de Lucien. Tomó aire, abrió la puerta del cuarto de baño y apagó la luz.

Y se detuvo bruscamente al ver que Lucien había encendido la luz de la mesilla de noche, confirmándole que, efectivamente, el dormitorio estaba decorado en negro, blanco y cromo, tan característico de él, que aguardaba tumbado en la cama, cubierto únicamente por una sábana negra.

Thia había pensado que harían el amor en la oscuridad. Se había imaginado deslizándose casi furtivamente bajo las sábanas...

–Quítate la bata, Cyn.

Ella alzó la vista sobresaltada, Lucien tenía la cabeza apoyada sobre el codo y la estaba mirando con sus brillantes ojos. Los negros cabellos caían revueltos sobre la frente.

Era un ser hermoso, como un mortífero depredador, poderoso y atlético.

–Quiero mirarte –la animó él con voz ronca.

–¿No debería ser recíproco? –balbuceó ella con la garganta seca.

–Claro –sin dejar de mirarla en ningún momento, Lucien apartó la sábana negra.

Thia casi se quedó sin aliento, incapaz de hacer otra cosa que no fuera contemplarlo. Contemplar la anchura de sus hombros, el musculoso torso cubierto de oscuro vello. Un vello que se hacía más espeso a medida que descendía hacia la base de la erección.

¡Cielo santo!

¡Esa cosa jamás le iba a caber dentro!

Lucien era un hombre alto y corpulento, y muy atlético, de manera que no resultaba sorprendente que el miembro excitado estuviera en proporción con el resto. Debía de medir entre veintitrés y veinticinco centímetros, y era muy grueso, tanto que Thia dudaba que pudiera cerrar los dedos de la mano en torno a él, tal y como deseaba desesperadamente hacer. Se moría por tocar, acariciar y familiarizarse con cada centímetro de su cuerpo.

Aunque la mirada regresaba invariablemente a la impresionante erección.

Quizás aquello funcionaba como esos calcetines de talla única. Recordaba haber leído en alguna revista femenina de esas que siempre se encontraban en la consulta del dentista que, si una mujer estaba lo bastante estimulada, era capaz de estirarse ahí abajo y acomodarse a cualquier longitud y grosor.

–¿Cyn?

Con gesto sobresaltado, Thia devolvió su atención al rostro de Lucien y sus mejillas se incendiaron de inmediato al ver reflejada la pasión en los ojos grises. La miraba impaciente, con la mano tendida, invitándola, evidentemente esperando a que se quitara la bata antes de acompañarlo en la cama.

Capítulo 8

LUCIEN reprimió las ganas de salir de la cama e ir al encuentro de Cyn. Esperó pacientemente, permitiéndole tomarse su tiempo, adaptarse. Permitiéndole ser ella quien acudiera a su lado.

Tenían toda la noche por delante, horas y horas para convencerla.

En esos momentos estaba tan pálida que su piel de marfil parecía casi translúcida. Las venas azuladas se marcaban en las sienes y los ojos azul cobalto estaban rodeados de oscuros círculos. Las mejillas estaban sonrosadas y los labios ligeramente abiertos, como si tuviera dificultad para respirar.

–Me estoy empezando a acomplejar, Cyn –murmuró él.

–¿Tú? –ella lo miró perpleja–. ¡Pero si tú eres hermoso, Lucien!

–Y tú también –Lucien le ofreció una mano y contuvo la respiración, temiendo que ella fuera a salir corriendo si hacía algún movimiento brusco. Sin embargo, la perspectiva, más que irritarle, le resultó enternecedora.

Cyn no tenía nada que ver con las mujeres con las que había estado en el pasado. Todas habían sido hermosas, desde luego, pero también unas niñas malcriadas cuya belleza, en ocasiones, era el resultado de horas y horas en el salón de belleza o bajo el bisturí del cirujano. Y todas, sin excepción, mostraban una gran seguridad en su atractivo sexual.

Cyn, sin embargo, no tenía ni el tiempo ni el dinero para acudir a un salón de belleza. Su delicada figura había sido esculpida por la naturaleza, al igual que su impresionante belleza. Una belleza que resultaba aún más atractiva en tanto en cuanto que la joven parecía ignorarla por completo, como ignoraba el efecto que provocaba en los demás hombres. Quizás las mujeres neoyorquinas no tuvieran el menor interés en conocer a la estudiante camarera de Inglaterra, pero los hombres sin duda pensaban otra cosa.

Y Lucien era el afortunado hombre que la disfrutaría, al menos aquella noche.

Thia estaba paralizada, incapaz de moverse o hablar, parada ante la puerta del cuarto de baño mientras contemplaba a Lucien, recriminándose por su torpeza, pero incapaz de hacer nada al respecto.

–¡Cyn, por favor! –exclamó él.

Fue el agónico deseo que percibió en la voz de Lucien lo que le sacó de su estado. Thia dio un paso al frente y después otro, hasta que por fin llegó junto a la cama y le permitió tomarle una temblorosa y helada mano.

–Eres tan hermosa, Cyn –Lucien se llevó la mano a los labios, besándole los nudillos.

–Creo que se dice «tan hermosa como el pecado» –Thia tragó nerviosamente sintiendo el aliento de Lucien en su sensible piel.

–Nada podría ser tan hermoso como tú –él sacudió la cabeza.

«Al menos ahora», concluyó Thia en su mente. En esos momentos gozaba de toda la atención de Lucien, pero por la mañana todo sería diferente.

¡Al infierno la mañana siguiente!

Por una vez en su cuidadosamente planificada vida no iba a tomar el camino más seguro, ni el que podía permitirse. Iba a hacer lo que le apetecía haber.

Y esa noche lo que le apetecía era estar con Lucien.

Agachó la cabeza y soltó la mano para desatarse la bata, deslizando la prenda de seda hasta el suelo. Lucien se quedó sin aliento mientras la contemplaba. Estaba completamente desnuda ante él.

–Eres exquisita –apreció él con voz ronca, tomándose el tiempo necesario para admirar cada curva, cada centímetro de su cuerpo, antes de ponerse de rodillas en el borde de la cama, anulando la diferencia de estatura, para rodearle la cintura con los brazos.

Mientras Lucien la atraía hacia él, Thia apoyó las manos sobre los fuertes hombros. Lucien deslizó las suyas hasta el bonito trasero y la besó en los labios.

Después continuó besándole las mejillas, la oreja, la garganta. Una mano tomó el delicioso pecho y frotó el pulgar contra el erecto pezón.

–Míranos, Cyn –le urgió él con voz ronca–. Observa lo hermosos que somos juntos.

Él mismo apreció el contraste entre ambos, marfil y bronce.

Hielo y fuego. Y el fuego derretía el hielo, ¿no?

Las inhibiciones de Thia, en efecto, empezaban a deshacerse junto con la aprensión inicial. Rodeó los fuertes hombros con sus brazos y hundió los dedos en los sedosos cabellos negros. Y entonces fue ella la que inició el beso, suave al principio, más intenso y ávido a medida que la pasión de ambos se descontrolaba.

Lucien continuó besándola incluso mientras la levantaba con facilidad del suelo para recostarla con reverencia sobre las sábanas de seda negras. Después, se tumbó a su lado y, tras contemplarla un instante, agachó la cabeza para tomar con delicadeza un pezón entre los labios y chuparlo suavemente mientras deslizaba una mano por su cintura, hacia abajo.

Thia arqueó la espalda. Su nerviosismo desapareció, sustituido por el placer que la inundaba en crecientes oleadas hasta que no pudo evitar retorcerse contra Lucien. Necesitaba más, quería más. Al sentir sus dedos en los suaves rizos entre los muslos, y más abajo, en el centro húmedo de su feminidad, un gemido escapó de sus labios.

Lucien presionó suavemente el delicado núcleo y Thia se sintió al borde de un precipicio. Un precipicio ardiente. Las llamas consumían su cuerpo, haciéndolo más y más sensible a las caricias de ese hombre, a la lengua que le chupaba los inflamados pezones, primero uno y luego el otro. Cada caricia con la lengua no hacía más que aumentar el volcánico placer que crecía entre sus piernas.

–¡Por favor, Lucien! –Thia hundió los dedos en los cabellos de Lucien y tiró de su cabeza para obligarlo a mirarla con sus brillantes ojos de plata. Tenía los labios inflamados y húmedos–. ¡Por favor! –gimió de nuevo–. ¡Lucien!

Lucien se movió con tal agilidad que ella apenas se dio cuenta de que se había acomodado entre sus piernas.

–Eres tan hermosa, Cyn –murmuró él, acariciándole con su cálido aliento mientras el pulgar jugueteaba con los húmedos pliegues de su feminidad–. Míranos, Cyn –insistió–. Apóyate sobre los codos y muéstrame esos bonitos pechos.

En esos momentos, Thia habría hecho cualquier cosa que le hubiera pedido. Tenía las mejillas incendiadas y los ojos brillaban febriles mientras contemplaba los negros cabellos, la bronceada espalda y el firme trasero.

–Te voy a comer entera –le aseguró Lucien mientras hundía las manos bajo su cuerpo hasta sujetarle el trasero para abrirla más antes de agachar la cabeza y lamer el húmedo centro.

Al principio, suavemente, luego más fuerte, hasta que Thia ya no fue capaz de sujetarse sobre los codos ante tanto placer. Los dedos de Lucien se clavaron casi dolorosamente en su trasero mientras hundía la lengua en el húmedo túnel y la lanzaba por el borde del precipicio al volcán, una y otra vez, guiándola hacia su primer clímax.

Pero no fue más que el primero de muchos. Lucien continuó dándole placer, llevándola a la cima una y otra vez hasta que Thia se volvió ronca de tanto gritar en cada orgasmo. Su cuerpo estaba desmadejado y la liberación era cada vez más rápida e intensa. Lucien seguía sujetándole el trasero, abriéndola para poder administrarle la caricias de sus labios y su lengua, incrementando el placer que sentía cada vez que llegaba.

–¡Ya no puedo más, Lucien! –jadeó Thia al fin mientras hundía los dedos en los fuertes hombros.

Empezaba a verlo todo negro y sabía que no aguantaría mucho más. Una cosa eran los juegos previos y otra quedar inconsciente. Y eso era lo que le iba a suceder si experimentaba uno más de esos desgarradores clímax.

–¡Por favor, Lucien, no puedo! –ella lo miró suplicante mientras él alzaba la cabeza, las mejillas arreboladas y los labios hinchados y húmedos.

–Lo siento, me he dejado llevar. ¿Estás bien? –Lucien sacudió la cabeza.

–Sí.

–Estás tan deliciosa –gimió él mientras se tumbaba a su lado y le acariciaba el rostro–. Como el más delicado y exclusivo de los licores. No podía dejar de beber tu dulce esencia. Saboréate tú misma, Cyn –la animó con voz ronca besándole los labios.

El sabor era dulce y ligeramente salado, con un ligero toque almizclado. Thia se sonrojó violentamente pues Lucien conocía su cuerpo, por dentro y por fuera, mucho mejor que ella misma.

El teléfono sonó en la mesilla de noche interrumpiendo el momento. Lucien hizo un gesto de fastidio y ni siquiera miró el aparato.

–Ignóralo –ordenó con voz ronca.

–Pero...

–Nada ni nadie va a interrumpirnos esta noche. No lo permitiré –le aseguró con decisión.

–Pero podría ser algo importante.

–Es evidente que no –murmuró él satisfecho cuando el teléfono calló al sexto timbrazo, permitiéndole descolgar el auricular para evitar que volviera a sonar.

Después se tumbó de espaldas y sujetó a Cyn con firmeza por las caderas para levantarla y tumbarla sobre él. Sentada a horcajadas sobre la dureza de su miembro, ella se irguió.

–¿Utilizas algún método anticonceptivo, Cyn?

–No pensé que... –contestó ella–. Yo... no –sus mejillas ardían–. ¿Y tú?

Lucien hubiera preferido que nada se interpusiera entre ambos la primera vez que entrara dentro de ella, pero el hecho de que no utilizara ningún método significaba que en esos momentos no mantenía relaciones con ningún hombre, y eso le gustaba.

–¿Me harías el honor...? –alargó una mano y abrió

un cajón del que sacó un paquetito envuelto en papel de plata.

–¿Yo? –Thia abrió los ojos desmesuradamente.

–Será mejor que no –él rio antes de ocuparse él mismo–. Quiero estar dentro de ti, Cyn. Es más, si no lo hago pronto entraré en combustión espontánea –la acomodó sobre él–. Te prometo que la siguiente vez iré más despacio, pero ahora mismo necesito...

–¿La próxima vez? –exclamó Thia con voz aguda.

–Me prometiste quedarte conmigo hasta que te hubiera hecho el amor una docena de veces, ¿recuerdas? –Lucien sonrió satisfecho.

–Pero es que ya he perdido la cuenta de cuántas veces he... –jadeó ella sin aliento.

–Los juegos previos no cuentan –concluyó él–. Cuando esté dentro de ti y alcancemos el clímax juntos, algo que deseo fervientemente que suceda, entonces empezará a contar. Y te deseo tanto que esta vez no voy a durar.

Era plenamente consciente de ello. Deseaba tanto a Cyn y disfrutaba tanto de su compañía, y su cuerpo, que el acto había alcanzado unas proporciones nunca antes experimentadas.

Thia dio un respingo. ¿Todos esos explosivos clímax no contaban? No se creía capaz de aguantar de nuevo lo vivido en la última hora, o el tiempo que hubiera pasado desde que Lucien había empezado a hacerle el amor. Había perdido por completo la noción del tiempo y estaba segura de que perdería el conocimiento y probablemente moriría. Y eso no quedaría muy bien sobre su lápida: *Aquí yace Cynthia Hammond, muerta por un exceso de placer.*

Pero, por otro lado, qué manera tan hermosa de marcharse...

Una emoción, ¿amor?, inflamó su pecho mientras contemplaba al hombre tendido en la cama. Lucien era el hombre más guapo y sexy que hubiera conocido jamás, atractivo hasta dejarla sin aliento, atlético y elegante. Y era todo suyo.

«De momento», le recordó una vocecilla en su cabeza.

Y ese momento era lo único que importaba. Porque no habría más para ellos dos. No había ningún mañana. Ningún futuro. Solo el presente.

Y era lo que ella deseaba. Deseaba a Lucien.

Su mirada se fundió con la mirada de plata y se incorporó sobre las rodillas introduciendo la mano entre las piernas y tomando el miembro viril que deslizó en su interior. De inmediato se quedó paralizada, ¡pues le pareció oír el *Réquiem* de Mozart!

—Es mi móvil —le explicó él con impaciencia—. ¡Maldita sea! —soltó una fuerte palmada sobre el colchón. Debería haber apagado ese chisme antes de hacerle el amor a Cyn. Debería...

—Tienes que contestar, Lucien —Thia frunció el ceño—. Debe de ser algo importante para que te vuelvan a llamar tan pronto. Y esta vez al móvil.

Nada era más importante en ese momento que hacer el amor con Cyn. ¡Nada!

—¿Lucien...? —insistió ella mientras el *Réquiem* seguía sonando.

Lo cual, dadas las circunstancias, resultaba de lo más apropiado.

¡Menuda manera de matar un momento! Una interrupción ya había sido más que suficiente. Lucien había conseguido salvar la situación, pero dudaba mucho poder repetirlo una segunda vez.

El sentimiento era, sin duda, secundado por Cyn, que se apartó a un lado de la cama antes de recoger la bata de seda negra del suelo. Su espalda era fina, de color marfil y muy hermosa a la luz de la lámpara. Tras ajustarse el cinturón, se volvió hacia él.

–Tienes que contestar la llamada, Lucien –repitió ella mirándolo fijamente a los ojos, aunque la mirada pronto se deslizó hacia abajo, donde él seguía duro.

Desde luego tenía que contestar, y quienquiera que estuviese al otro lado de la línea se iba a enterar de lo enfadado que estaba.

–Steele –gruñó tras sacar el dispositivo del bolsillo del pantalón.

Thia dio un respingo ante la frialdad en su voz, sintiendo de inmediato lástima por quien estuviera al otro lado de la línea. Pero, al mismo tiempo, no podía evitar admirar los músculos de los anchos hombros y la bronceada espalda mientras él se sentaba sobre la cama. Los negros cabellos seguían revueltos después de que ella hubiera hundido los dedos en ellos.

Las mejillas de Thia se incendiaron al recordar los momentos de intimidad vividos poco antes. Al recordar las caricias de Lucien con las manos, los labios y la lengua, dándole placer allí donde la tocaba. Llevándola al clímax una y otra vez.

Las piernas empezaron a temblarle.

–Bajo en cinco minutos –rugió Lucien antes de colgar y recoger la ropa. Su mirada era fría, intimidante.

–¿Lucien...? –Thia lo miró perpleja. Lucien parecía casi ignorar su presencia.

–Era Dex –al fin se volvió hacia ella con expresión sombría–. Al parecer tu exnovio está abajo, en la recepción del hotel, montando un escándalo.

–¿Jonathan? –ella contuvo el aliento.

–A no ser que tengas otro novio en Nueva York, sí –Lucien asintió.

Ella dio un respingo ante la ira que destilaba su voz. Una ira muy mal enfocada.

–Ya te he dicho que Jonathan jamás fue mi novio. ¿Y no es más probable que esté montando un escándalo en tu hotel porque lo despediste esta mañana?

Desde luego el argumento de Thia tenía su lógica, admitió Lucien con impaciencia, pero en esos momentos estaba demasiado tenso para razonar, incluso con Cyn.

Había disfrutado más de aquella velada de lo que había disfrutado con cualquier otra mujer en mucho tiempo, en toda su vida. No solo por haberle hecho el amor, también por haber preparado la cena con ella, charlando animadamente sobre cualquier tema, cuando normalmente tenía mucho cuidado con lo que revelaba sobre sí mismo a las mujeres con las que mantenía una relación, un mecanismo de defensa que le había fallado con Cyn desde el principio.

Y, para colmo, el numerito de Jonathan.

–Perdona por ser tan gruñón –Lucien apretó los labios y se mesó los cabellos–. Voy a vestirme y bajaré para solucionar este asunto. No creo que tarde mucho. ¿Qué haces...? –frunció el ceño al ver a Cyn dirigirse al cuarto de baño.

–Me voy a vestir para acompañarte.

–Tú no vas a bajar conmigo.

–Por supuesto que sí –le aseguró ella.

–No...

–¡Sí! –exclamó Thia con los brazos en jarras.

–Mi hotel. Mi problema –siseó Lucien.

–Tu hotel desde luego, pero aún no sabemos de quién es el problema –insistió ella.

–Escucha, Cyn –Lucien encajó la mandíbula–, hay ciertas cosas sobre Miller que no sabes.

–¿Qué clase de cosas? –ella lo miró fijamente.

–Cosas –contestó él. La velada ya estaba abocada al desastre y Cyn no tenía ninguna necesidad de saberlo todo sobre el comportamiento de Miller, ni sobre los motivos por los que la había estado utilizando, y que seguramente saldría a la luz si Miller estaba en un estado tan beligerante como le había asegurado Dex–. Dadas las circunstancias, lo mejor que puedes hacer es...

–Por favor, no me digas que lo mejor que puedo hacer es quedarme aquí y preparar café como una buena mujercita de su casa mientras espero el regreso del gran cazador –los ojos azul cobalto emitieron furiosos destellos.

–Bueno, quizás podríamos olvidarnos del café –aparte de lo del poderoso cazador y la mujercita de su casa, era justo lo que Lucien había pensado decirle.

–Y quizás podríamos olvidarnos de todo el asunto –ella hundió las manos en los bolsillos de la bata de seda.

–Dex ha conseguido llevarse a Miller a un despacho, pero la cosa podría ponerse fea, Cyn.

–Hace seis años que soy camarera y, créeme, sé cómo tratar las situaciones feas –le aseguró ella secamente.

Lucien empezaba a tener la sensación de que Cyn utilizaba el tema de la camarera como un mecanismo de defensa. Como si necesitara recordarse constantemente, y más concretamente recordarle a él, quién y qué era.

Pero para Lucien ella era Cynthia Hammond, una joven hermosa e independiente a la que admiraba y deseaba.

Lo demás, comprendió, había pasado a un segundo plano, no era más que ruido de fondo sin consecuencias.

–Preferiría que no vinieses –Lucien respiró hondo.

–Tomo nota de tu opinión –asintió Thia.

–¿Pero la ignoras?

–Pero la ignoro.

–Muy bien –masculló él, consciente de que no podía admirar el espíritu independiente de Cyn y al mismo tiempo impedirle que hiciera su voluntad–. Bajaré dentro de dos minutos. Si no estás lista...

–Lo estaré.

Thia corrió al cuarto de baño y cerró la puerta.

Lucien respiró hondo varias veces mientras contemplaba furioso la puerta cerrada, consciente de que la conversación que iba a mantener con Miller probablemente pondría fin a la velada con Cyn.

Capítulo 9

QUÉ clase de escándalo está montando? –inquirió Thia.

Lucien mascullaba entre dientes mientras bajaban a la planta baja en el ascensor privado.

Se había puesto otra vez los vaqueros y la camiseta negra, aunque los cabellos seguían revueltos, tanto por los dedos de Thia como por los suyos propios al mesárselos en un gesto de frustración por la insistencia de Thia de acompañarlo.

–Fue directo a recepción y exigió verme –los ojos de plata emitieron furiosos destellos–. Según Dex, en cuanto el recepcionista y el gerente le aseguraron que esta noche no estaba disponible, Miller empezó a gritar y a tirar los maceteros al suelo. Como eso no le funcionó, la emprendió con los muebles hasta que los de seguridad se hicieron cargo.

–¿Cómo?

–Dos de ellos lo levantaron en vilo y lo arrastraron hasta un despacho antes de llamar a Dex –explicó Lucien con amargura.

–Me imagino que Jonathan debe de estar alterado después de lo sucedido esta mañana, pero no es un comportamiento normal en él –Thia dio un respingo al imaginarse la escena.

–Cyn –Lucien la miró impaciente–. ¿De verdad no has notado nada diferente en Miller desde que has llegado a Nueva York?

Bueno, sí que había notado que Jonathan estaba más centrado en sí mismo que de costumbre. Dormía hasta el mediodía y cuando se levantaba apenas hablaba. También había insistido en que lo acompañara cada noche a esas horribles fiestas, para luego dejarla sola al poco de llegar. Y lo había encontrado extremadamente agresivo durante la fiesta de los Carew la noche anterior. ¡Todavía le dolían las muñecas!

—Quizás se muestre un poco más egocéntrico de lo habitual —Thia se mordió el labio.

—Supongo que es una manera de describirlo —Lucien asintió mientras el ascensor se detenía.

Thia lo siguió inquieta por el vestíbulo.

—¿Y cómo lo describirías tú?

—Como el típico comportamiento de un drogadicto —contestó él.

—¿Estás diciendo que Jonathan toma drogas? —ella se detuvo bruscamente.

—Entre otras cosas.

—¿Alcohol?

—No que yo sepa.

—¿Entonces a qué otras cosas te refieres?

Thia se sentía aturdida, desorientada, ante la revelación de Lucien sobre Jonathan. Cierto que su amigo no había parecido ser el mismo desde su llegada a Nueva York, pero había achacado ese comportamiento a su repentino ascenso al estrellato.

—Este no es buen momento para hablar del tema —Lucien hizo una mueca.

—Te equivocas, es precisamente el momento de hablar de estas cosas —insistió Thia con impaciencia—. Quizás si alguien me lo hubiera contado antes, yo podría haber hablado con él, convencerle para que buscara ayuda —sacudió la cabeza—. Tal y como están las cosas ahora mismo, no solo ha arruinado su carrera, también su vida.

–Maldita sea, Cyn –Lucien frunció el ceño–, no lo vuelvas contra mí. Hace semanas que se le advirtió sobre su comportamiento. Es más, se le advirtió en dos ocasiones.

–¿Cuándo, exactamente?

–La primera vez fue hace dos meses. Y de nuevo hará unas cinco semanas, cuando resultó evidente que había hecho caso omiso de la primera advertencia. En mis contratos incluyo estrictas políticas antidrogas.

–¿Qué clase de advertencia... hace cinco semanas? –preguntó sobresaltada.

–¿Significa algo para ti? –Lucien enarcó las cejas.

–Jonathan fue a verme a Londres hace un mes –ella se mordió el labio–. No lo había visto desde hacía casi tres meses y solo me había llamado por teléfono en un par de ocasiones desde que se había marchado a Nueva York y, de repente, aparece por Londres.

–Y al poco te invita a visitar Nueva York alojándote en su casa –Lucien asintió.

–¿Cómo lo sabes?

–Son puras matemáticas.

–No lo comprendo.

Lucien no acababa de entender por qué tenía que ser él quien diera explicaciones sobre el comportamiento de Miller. Cyn ya tenía una baja opinión de él por haberlo despedido de la serie y no estaba dispuesto a ser, además, el que le informara de que Miller solo la había invitado a Nueva York para intentar tapar el romance que mantenía con una mujer casada.

El hecho de que Cyn lo acompañara en esos momentos iba a bastar para que Miller comprendiera que estaban juntos en el apartamento cuando Dex había telefoneado. Era más que probable que Miller sumara dos más dos y le dieran cuatro.

Y ese había sido precisamente el motivo por el que hubiera preferido que Cyn no presenciara el enfrentamiento. Cierto que había algo más y, tal y como estaban las cosas, dudaba mucho que ella fuera a regresar a su apartamento aquella noche.

–¿Podríamos seguir? –espetó Lucien mientras consultaba el reloj–. Le dije a Dex que bajaría en cinco minutos y ya han pasado más de diez.

–Por supuesto. Lo siento –Thia parpadeó, despertando de su ensimismamiento.

Lucien tuvo la sensación de que acababa de darle una patada a un animalillo indefenso.

No es que Cyn fuera indefensa. Era demasiado independiente, demasiado obstinada para serlo. Pero no le cabía la menor duda de que descubrir los verdaderos motivos de la invitación de Miller iba a alterarla profundamente.

Considerando la tensión que reinaba en esos momentos entre ambos, costaba creer que hubieran estado haciendo el amor unos minutos antes, que conociera íntimamente el cuerpo de esa mujer y que supiera exactamente cómo darle placer.

Además, su erección había captado el mensaje de que la noche había terminado y había vuelto a sus proporciones normales, aunque no le costaría mucho despertar de nuevo. Bastaría una tórrida mirada de esos ojos azul cobalto, o el más leve roce de la mano de Cyn sobre su cuerpo. Algo que no era probable que sucediera en un futuro inmediato.

Otro motivo del enfado de Lucien por el comportamiento de Miller era que ese hombre era todo un bastardo por haberse ocultado detrás de Cyn. La estratagema no le había funcionado, pero eso no disculpaba su mezquino comportamiento hacia una mujer que había creído ser su amiga. Por no mencionar las lesiones que le había provocado con su violento estallido la noche anterior.

¡Y, encima, Cyn estaba enfadada con él por haberlo despedido de la serie!

—Dex –saludó al guardaespaldas que vigilaba frente a una puerta cerrada–. ¿Está ahí?

—Sí.

—¿Se ha calmado?

—Un poco –Dex asintió antes de fruncir el ceño hacia Cyn–. No creo que sea una buena idea que la señorita Hammond lo acompañe. Miller es violento, y también está lanzando toda clase de acusaciones –advirtió a su jefe con una significativa mirada.

—Voy a entrar –les informó Thia con obstinación.

—Como puedes comprobar, Dex, la señorita Hammond insiste en acompañarme.

—Realmente no es una buena idea, señorita Hammond –insistió Dex con suma delicadeza.

Una delicadeza que Lucien desconocía en su guardaespaldas. Sin duda, Dex encontraba atractiva la belleza y aparente fragilidad de Cyn. Porque, bajo ese frágil exterior, había una determinación que le hacía pensar que Cyn sería capaz de detener a un regimiento si se lo proponía. Con suerte, la preocupación de Dex se asemejaría a la que sentiría un padre por su hija, porque no le haría ninguna gracia saber que ese hombre sentía algo por la mujer...

¿La mujer que, qué? ¿La mujer de la que se estaba enamorando? ¿La mujer de la que ya se había enamorado?

Pero aquel no era el momento de analizar lo que sentía o dejaba de sentir por Cyn. Solo se habían visto en tres ocasiones, y compartido una velada. Cierto que había sido la más agradable y excitante velada que hubiera pasado en compañía de una mujer.

La profundidad de sus sentimientos hacia esa joven no tenía parangón, hasta el punto de que Lucien estaba convencido de que llegaría solo con un beso.

Cyn había creído que la había invitado al apartamento para no ser visto en público con ella. Y, por mucho que lo había negado, quizás seguía pensándolo.

¡Maldita fuera! En lugar de hacerle el amor, debería haberle sacudido unos buenos azotes.

—Agradezco tu preocupación, Dex —contestó Thia—, pero Jonathan es mi amigo...

—No, no lo es —interrumpió Lucien con brusquedad.

—Y tengo la intención de hablar con él esta noche —continuó ella mientras le dedicaba a Lucien una mirada de reprobación.

—Estoy de acuerdo con el señor Steele —murmuró Dex—. El comportamiento del señor Miller hace un rato fue... descontrolado —añadió.

Durante los dos últimos días, Thia había llegado a apreciar y a confiar en ese hombre. Cómo no iba a confiar en alguien que había montado guardia durante toda la noche frente a su dormitorio en ese infame hotel para asegurarse de que no le sucedía nada malo. Además, valoraba mucho su opinión, como valoraba la de Lucien. Simplemente no podía abandonar a Jonathan cuando resultaba evidente que necesitaba a todos sus amigos. No tenía la menor duda de que todas esas personas huecas que lo adulaban en las fiestas lo abandonarían en cuanto supieran que ya no era la estrella de *Network*.

—Agradezco tu preocupación, Dex —Thia sonrió al guardaespaldas y apoyó una mano en su fuerte brazo—. Lo digo de verdad.

–Pero va a ignorar tu consejo –le advirtió Lucien.

La sonrisa se borró del rostro de la joven al volverse hacia Lucien, cuya mirada fría indicaba claramente lo contrariado que estaba.

A pesar de la interrupción de la velada, Thia consideraba a Lucien su amante, el hombre con el que más había intimado en su vida. Pero también hacía dos años que era amiga de Jonathan y ella no abandonaba a sus amigos. Sobre todo cuando tenían problemas.

–Me temo que tiene razón –asintió tras respirar hondo.

¡Esa mujer era la persona más irritante y tozuda que hubiera conocido jamás!

Además de la más hermosa, tanto por dentro como por fuera. Y la más divertida. Sus comentarios, en ocasiones, eran de lo más descabellados. También era la mujer más sexy que hubiera conocido jamás. ¡Y sin duda la más complaciente!

Y eso último ya era un puro afrodisíaco. Lucien era un amante experimentado, y jamás había recibido ninguna queja de su técnica amatoria, su habilidad para llevar a las mujeres al clímax o para encontrar su propio alivio. Pero con Cyn no había tenido que poner en marcha ninguna técnica ya que, tras la timidez inicial, la joven no se había contenido y había respondido a todas las caricias, aumentando su excitación y placer.

Hasta tal punto que Lucien era consciente de que Cyn le resultaba adictiva.

Y aun así, ahí estaban, enfadados de nuevo. Y por culpa de Jonathan Miller, un hombre al que no consideraba suficientemente bueno siquiera para lamerle las botas a Cyn.

–De acuerdo –espetó con brusquedad antes de vol-

verse hacia el guardaespaldas–. Ábrenos la puerta, Dex.
Cuanto antes acabemos con esto, mejor para todos.

–¿Lucien...? –el tono de Thia era casi suplicante.

–Ya has tomado tu decisión, Cyn –Lucien cerró los
puños con fuerza–. Tan solo espero que no vivas para
lamentarlo. No, maldita sea, sé que vas a lamentarlo
–rugió.

Thia también tenía la sensación de que iba a ser así.

Cierto que Jonathan no había sido un anfitrión muy
amable, hasta el punto de que su comportamiento la noche anterior la había obligado a marcharse de su apartamento. Pero no podía abandonar a un amigo que la
necesitaba.

Lucien siguió a Dex al interior de la habitación, im-
pidiéndole a Thia la visión de Jonathan, hasta que se hicieron a un lado y por fin descubrió su silueta contra la
oscura ventana. Estaba hecho un asco, los vaqueros cu-
biertos de tierra, la camiseta desgarrada. Pero lo peor
eran los moratones que cubrían su rostro.

–¡Deberías ver al otro tipo! –exclamó él al percibir
la expresión de espanto en Thia.

–El «otro tipo», está en el hospital donde le están co-
siendo la brecha que le has hecho en la cabeza con una
lámpara –explicó Lucien.

–No debería haberse interpuesto en mi camino –Jonathan contempló al otro hombre con gesto despectivo.

–Cuida ese lenguaje, Miller, si no quieres que presente cargos contra ti –le advirtió Lucien.

–No haces más que empeorar la situación, Jonathan
–Thia palideció al saber que Jonathan había atacado a
otro hombre con una lámpara.

–¿Y exactamente qué haces tú aquí, Thia? –Jonathan
se volvió hacia ella, contemplándola con atención de
pies a cabeza–. Parece que acabas de caerte de la cama.

¡Cielo santo! –soltó una amarga carcajada y su mirada pasó de Thia a Lucien y de vuelta a Thia–. ¡Acabas de caerte de su cama! Qué bajo has caído...

–Jonathan, no –ella dio un respingo.

–Cállate, Miller –espetó Lucien al mismo tiempo.

–¡La puritana Thia Hammond y el todopoderoso Lucien Steele! –Jonathan ignoró las advertencias de ambos y estalló en sonoras carcajadas.

Thia se sentía aturdida, Lucien estaba furioso y Dex permanecía estoicamente callado.

–No estás siendo de ninguna ayuda, Jonathan –la joven se sentía humillada.

–Ya no tengo nada que perder –le aseguró él con la voz cargada de rencor–. Pequeña idiota, ¿no te das cuenta de que te está utilizando para atacarme?

–Fuiste tú quien la utilizó, Miller –espetó Lucien con frialdad.

–Intenté hacerte creer que entre Thia y yo había algo, sí –Jonathan lo miró furioso–. Tenía la fútil esperanza de que me dejaras en paz. Pero lo que has hecho esta noche, seducir a Thia, es mucho peor de lo que yo haya podido hacer –sacudió la cabeza antes de mirar a Thia con ojos acusadores–. Maldita sea, Thia, estuvimos saliendo un tiempo hace dos años, hasta que dejaste bien claro que yo no te interesaba en ese sentido. Y, ahora, acabas de conocer a Steele y te acuestas con él. ¡Esto es increíble!

Explicado de ese modo, era cierto que parecía increíble, admitió Thia para sus adentros. Lucien y ella no habían llegado a consumar el acto, pero era una cuestión puramente semántica. Desde luego se había convertido en su amante.

–Sugiero que lo discutamos mañana, Miller –Lucien ya había oído bastante. Cyn estaba muy pálida y parecía

¿Su Virginal Majestad?

¿Cabía la posibilidad de que, al menos en ese aspecto, Miller estuviera diciendo la verdad?

Lucien se sintió asaltado por una oleada de náuseas ante lo cerca que había estado de robarle la inocencia a Cyn sin darse cuenta hasta que ya hubiera sido demasiado tarde.

Debería haberse dado cuenta.

La primera vez que la había visto, había percibido un aire de fingida osadía. Y, en el apartamento, había demostrado una manifiesta timidez ante su cuerpo desnudo. Recordó la confusión reflejada en el rostro de la joven al anunciarle que estaba limpio y la titubeante confirmación de que ella también lo estaba. Por último, había admitido que no empleaba ningún método anticonceptivo.

Porque era virgen.

Lucien jamás se había llevado a una virgen a la cama, ni siquiera durante la alocada época de su juventud, y siempre se había cuidado de mantenerse alejado de cualquiera que pudiera parecerlo. La virginidad de una mujer era algo valioso, un regalo, no algo que pudiera robarse en un revolcón casual. Y Lucien nunca había sentido nada por las mujeres de su vida que lo impulsara a ir más allá del revolcón casual.

¿En qué había estado pensando Cyn?

Quizás no había pensado siquiera. Desde luego él no. Había estado tan excitado, tan atrapado en la intensidad de su deseo, de su creciente adicción por ella, que no había sido capaz de unir los puntos entre el comportamiento de Cyn y su conversación. Su inocencia era más que evidente y él habría tomado esa inocencia si no hubiera sonado el teléfono.

¡Dios misericordioso!

Capítulo 10

LUCIEN...
  –Ahora no, Thia

Thia prácticamente había tenido que correr para mantener el paso de Lucien, seguidos por las carcajadas burlonas de Jonathan mientras se dirigían a los ascensores del vestíbulo, junto a la recepción del hotel.

–¿Se quedará Dex con Jonathan esta noche?

–Sí, para asegurarse de que no se meta en más líos esta noche –Lucien asintió.

–¿Está muy metido en las drogas? –Thia dio un respingo.

–Sí –contestó él con amargura.

–Lucien –la joven frunció el ceño–, ¿de qué hablaba Jonathan? Parecía estar insinuando que había una mujer implicada en tu decisión de despedirle de *Network*.

–No creo que debamos mantener esa conversación ahora, Thia.

El hecho de que la llamara Thia no resultaba tranquilizador. Cierto que la frialdad de Lucien tenía un motivo. Jonathan había revelado su virginidad de una manera tan fea que no había podido ocultar su reacción de espanto, como si se tratara de alguna enfermedad.

–No comprendo por qué estás tan molesto –ella frunció el ceño–. Se trata de mi virginidad, y como tal tengo el derecho a perderla cuando a mí me dé la gana. No es para tanto.

–¿Por eso has tardado veintitrés años en considerarlo siquiera, porque no es para tanto?

–No es la primera vez que lo considero –respondió Thia furiosa–. ¡Y deja de agarrarme el brazo, Lucien! –se quejó cuando los fuertes dedos se cerraron sobre uno de los moratones.

Lucien la soltó de inmediato y la contempló furioso mientras respiraba entrecortadamente.

–¿En qué estabas pensando, Thia, al acudir sola al apartamento de un hombre?

–Aceptar la invitación a cenar en el apartamento de un hombre no significa que esté pidiendo a gritos que me lleve a la cama.

–Por mi experiencia, eso depende de la mujer y de los motivos por los que acepta la invitación.

–No me gusta ese tono –ella dio un respingo.

–Pues peor para ti –espetó Lucien–. Porque mi tono no va a cambiar hasta que sepa exactamente por qué te acostaste conmigo hace un rato.

–Yo creía estar haciendo el amor con un hombre al que deseaba y que me deseaba a mí.

–No me basta, Thia –Lucien encajó la mandíbula.

–Pues es la única explicación que tengo. ¡Y deja de llamarme así! –las lágrimas brotaron de sus ojos.

–Es tu nombre.

–Pero nunca me llamas así –ella parpadeó furiosa para contener las lágrimas–. Y me gustaba que fueras el único en llamarme Cyn –admitió con voz ronca.

Al principio le había irritado, pero luego le había gustado que solo él la llamara así.

–¡Contesta la maldita pregunta, Thia!

–¿Cuál? –ella reaccionó igual de furiosa que él–. ¿La pregunta de por qué decidí cenar a solas contigo en tu apartamento? ¿De por qué te elegí para ser el hombre con el que deseaba perder mi virginidad? ¿Puede que para ti ambas sean la misma pregunta? –lo desafió–. Es evidente que has decidido que planeé acostarme contigo esta noche, que pretendía atraparte en... ¿en qué, exactamente?

Lucien seguía perplejo ante la virginidad de Cyn, por saber que jamás había estado con otro hombre, y era incapaz de analizar la situación con lógica. Consecuentemente, hablaba sin pensar en lo que decía. ¡Si el móvil hubiera tardado unos segundos más en sonar!

–Que me aspen si lo sé –murmuró exasperado.

–Yo creo que sí lo sabes, Lucien –la voz de Thia temblaba con ira–. Creo que has decidido... que estás convencido de que me propuse deliberadamente seducirte esta noche.

–Me parece que yo fui el único en seducir aquí.

–Ya, pero ¿y si soy tan lista como para hacerte creer que has sido tú el seductor?

–Tú no eres...

–Es una pena que me preguntaras por métodos anticonceptivos –continuó Thia, interrumpiéndole–. De lo contrario incluso podría haberme quedado embarazada. ¿No sería genial? Podría vender la exclusiva a las revistas.

–¡Déjalo ya, Cyn! –exclamó él sacudiéndola por los hombros–. ¡Déjalo!

–Suéltame, Lucien –suplicó ella casi sin respiración–. No me gusta tu comportamiento.

A Lucien tampoco le gustaba su propio comportamiento. Y el hecho de que aún estuviera conmocionado por la revelación de Miller no era excusa. Sus airados comentarios habían hecho creer a Cyn que estaba furioso por su virginidad cuando lo cierto era que le apetecía arrodillarse frente a ella y besarle los adorables pies. La virginidad de una mujer era un regalo. Un regalo que Cyn había estado a punto de entregarle aquella noche.

Y encima le había hecho llorar. Algo totalmente inaceptable.

Le soltó los hombros y la atrajo hacia sí para abrazarla, pero Thia intentó de inmediato soltarse, golpeándole el pecho con los puños al no conseguirlo.

–¡Te he dicho que me sueltes, Lucien! –gritó furiosa.

–Deja que te explique, Cyn...

–Yo también tengo preguntas que hacerte, Lucien. Y hasta ahora te has negado a responder a todas, incluyendo esa sobre la mujer que, al parecer, Jonathan te robó.

–No creo que las fantasías de Miller sean relevantes para nuestra conversación –rugió él.

–Pues no estoy de acuerdo. Jonathan dijo que me sedujiste para vengarte de él.

–¿Y tú realmente crees que yo haría algo así?

–¿Y tú me crees capaz de seducirte como has insinuado? –contraatacó ella–. En realidad no te conozco, Lucien.

–Claro que me conoces, Cyn –le aseguró él en un susurro–. En unas pocas horas te he permitido conocerme mejor de lo que me ha conocido nadie jamás. Y la conversación que debemos mantener trata sobre lo sucedido entre nosotros dos esta noche.

–Creo que ya has dicho más que suficiente sobre eso –aseguró Thia con firmeza.

–Porque estaba aturdido tras conocer tu... ¿inocencia?

–¿Aturdido? A mí me pareciste más bien conmocionado.

–No estás siendo razonable, Cyn.

–Seguramente porque no me siento razonable –Thia

golpeó de nuevo el pecho de Lucien, las mejillas todavía húmedas–. Esta noche han pasado tantas cosas que yo... Lucien, si no me sueltas voy a empezar a gritar y creo que los demás clientes del hotel ya han presenciado bastantes escenitas esta noche.

–Estás disgustada.

–¡Pues claro que estoy disgustada! –Thia lo miró perpleja–. Acabo de descubrir que el amigo al que vine a ver a Nueva York no solo está metido en drogas, también me ha utilizado para ocultar una aventura con otra mujer. Y, por si fuera poco, el hombre con el que he cenado y hecho el amor también parece tener una relación con esa misma mujer.

–Yo solo tengo una relación contigo.

–Pues creo que tengo derecho a estar disgustada, ¿no? –continuó ella.

Lucien frunció el ceño y la soltó. Había manejado muy mal la situación.

–Te pido disculpas. No es habitual que un hombre descubra que la mujer con la que acaba de hacer el amor es virgen.

–No, supongo que nos estamos convirtiendo en una especie en vías de extinción –Thia asintió–. Gracias por la diversión de preparar juntos la cena, Lucien. Me ha encantado. Y el sexo también. Pero lo demás, no tanto –reculó un paso–. Haré que te devuelvan la camiseta antes de que me marche el sábado...

–¿Crees que esa camiseta me importa lo más mínimo? –la determinación de Cyn por marcharse aumentó su frustración.

–Seguramente no –ella hizo una mueca–. Seguro que tendrás docenas como esta. O podrías comprarte otra docena como esta si quisieras, pero me sentiré mejor si te la devuelvo.

Para no tener ni un recuerdo suyo una vez hubiera regresado a Londres, supuso Lucien.

Para que él no tuviera ningún recuerdo suyo una vez se hubiera marchado.

No le había mentido al confesar que, con ella, se había mostrado más abierto y relajado que con ninguna otra mujer.

¡Y en cuanto al sexo...!

Había disfrutado de mucho y buen sexo en su vida. Pero jamás había experimentado uno como el de aquella noche con Cyn, en el que la más ligera caricia les había proporcionado un placer inconmensurable.

Siempre había pensado que esa clase de sexo era patrimonio de dos personas que mantuvieran una relación que fuera más allá de lo físico.

Y Cyn y él tenían algo que iba más allá de lo físico. Apenas la conocía desde hacía un día, y aun así habían logrado esa unión. Dentro y fuera de la cama. Y todo se había venido abajo tras recibir la llamada de Dex.

Cyn era virgen, de ahí su timidez. Una virgen totalmente inexperta que había llegado al clímax media docena de veces en sus brazos. Lo cual no era muy usual, y quizás una indicación de que sentía algo más por él que simple atracción física.

Lucien ya no sabía qué creer. Había perdido la perspectiva y necesitaba espacio y tiempo para considerar sus sentimientos hacia Cyn. Y por la expresión en el rostro de Cyn, sabía que el tiempo era algo de lo que carecía.

—Muy bien —cedió sobre la camiseta—, pero quiero verte antes de que te marches.

—No creo que sea una buena idea —Thia reculó un poco más.

—No estás siendo razonable.

—¿No razonable como una furiosa virgen? ¿O no razonable como una mujer normal?

—Simplemente no razonable —masculló él entre dientes.

El hecho de estar a punto de perder los estribos le resultaba inquietante, pues él jamás los perdía. Aquella noche con Cyn había perdido el control.

—Estás poniendo en mi boca palabras que yo no he dicho, Cyn —continuó—. Y te aseguro que vamos a vernos otra vez antes de que te marches. Me encargaré de ello.

—Me gustaría saber cómo vas a hacerlo.

—Tengo entendido que, curiosamente, regresarás a Londres el sábado en un vuelo de la línea aérea Steele —Lucien sonrió satisfecho.

—¿Y tú cómo demonios lo sabes? —ella lo miró perpleja.

—Lo he comprobado —él se encogió de hombros—. Pensé que sería un bonito detalle cambiarte el asiento por otro en primera clase. Miller fue un rácano por no haberlo hecho.

—Sí lo hizo —espetó Thia—. Fui yo quien insistió en viajar en clase turista.

—Sin duda porque tienes la intención de reembolsárselo —Lucien suspiró, consciente de la feroz independencia de Cyn. Todo ello convertía sus comentarios y acusaciones anteriores en ridículas. E imperdonables.

—Por supuesto —ella alzó la barbilla orgullosa.

—De todas formas —él asintió—, si te niegas a verme antes de salir hacia el aeropuerto el sábado, una llamada mía bastará para retrasar el vuelo, o incluso anularlo.

—¡No harías algo así! —Thia dio un respingo.

—¿Tú qué crees?

—Creo que te has pasado de la raya, eso creo —siseó ella furiosa.

–De ti depende –él se encogió de hombros.

–¡Eres unególatra! –Thia lo miró furiosa–. Arrogante, manipulador, imposible između.

–Ya te lo he dicho, de ti depende –Lucien sonrió de nuevo–. O hablamos antes de que te marches, o no te marchas.

–Hay otras líneas aéreas.

–Pero me aseguraré de que no haya ninguna disponible para ti.

–No puedes hacer eso.

–Ya lo creo que puedo.

–¿De verdad me impedirás marcharme de Nueva York hasta que hayamos hablado?

–No me dejas otra elección.

–Todos tenemos elección, Lucien –ella sacudió la cabeza–. Y tu despótico comportamiento no me deja otra elección que sentir un intenso desagrado hacia ti.

–Bueno, al menos es intenso –él suspiró–. No soportaría que tu desagrado fuera insípido y mediocre. Escucha, no me gusta acorralarte, Cyn. Lo único que te pido es hablar de nuevo mañana, tras una noche de sueño. ¿Es pedir demasiado?

¿Lo era? ¿Soportaría Thia estar a solas con él después de lo que se habían dicho?

–De acuerdo, hablaremos mañana –cedió ella al fin–. Pero que sea en un lugar público. Y necesito saber que podré levantarme y marcharme cuando así lo desee.

–No estoy seguro de que me gusten tus condiciones –Lucien entornó los ojos.

–Pues te digo lo mismo que me has dicho antes: peor para ti.

–¿Cómo demonios hemos acabado así, Cyn? –Lucien sacudió la cabeza–. Hace unos minutos tenía mi boca y mis manos por todo tu cuerpo y de repente...

–No sigas –le interrumpió ella. El tono indicaba que jamás volvería a suceder.

Pero para Lucien resultaba imposible no fijarse en los pezones que se marcaban bajo la camiseta, o la excitación que le había teñido de rojo las mejillas y el cuello. O el febril destello en los ojos azul cobalto.

Cyn estaba muy enfadada con él, y con razón, pero no había logrado olvidar el feroz deseo que les había invadido antes, ni había podido ocultar la reacción de su cuerpo.

–¿Mañana, Cyn? –insistió él–. Aprovechemos la noche para calmarnos.

–Mañana es mi último día aquí y había pensado dar un paseo en barco hasta la Estatua de la Libertad –ella frunció el ceño–. ¡No me digas! ¿Tampoco has estado allí nunca?

–Tú vives en Londres –Lucien sonrió–. ¿Has estado alguna vez en el palacio de Buckingham o la Torre de Londres?

–En el palacio sí, en la torre no –Thia se encogió de hombros–. De acuerdo, tienes razón. Pero mañana es mi última oportunidad para hacer esa excursión en barco.

–Entonces nos vemos por la noche –sugirió él.

–De repente te muestras muy complaciente –Cyn lo miró con desconfianza.

–A lo mejor intento ganar puntos con la esperanza de hacerme perdonar mi comportamiento de antes.

–O a lo mejor porque te gusta salirte con la tuya –asintió ella–. De acuerdo, Lucien, mañana por la noche. Pero estaré fuera casi todo el día, de modo que déjame un mensaje en recepción con el lugar del encuentro apuntado.

–No es la aceptación de una invitación más entusiasta que he recibido, pero considerando que me he portado como un asno, la daré por buena.

–No se trata de ninguna cita, Lucien –le aseguró Thia con impaciencia.

Lo había conseguido de nuevo. Le habían dado ganas de reír cuando la situación, la tensión reinante entre ellos, no debería haberle parecido en absoluto divertida. Además, a Lucien no le cabía la menor duda de que, si osaba siquiera reírse, sería Cyn quien empezara a arrojar maceteros por el vestíbulo en un intento de alcanzarle con uno de ellos.

–Quiero que me des tu palabra, me gustaría tener tu palabra –se corrigió con impaciencia al recordar el comentario de Cyn sobre su empeño en salirse siempre con la suya–, de que te mantendrás alejada del apartamento de Miller mañana.

–Pensé que podría...

–Preferiría que no lo hicieras –insistió Lucien con frustración–. Ya has visto cómo estaba esta noche, Cyn. Su comportamiento es, en el mejor de los casos, impredecible, y en el peor, violento. Podría lastimarte. Mucho más que unos cuantos cardenales como esos.

–La vida de Jonathan es un desastre en estos momentos –ella lo miró compungida.

–Pero es un desastre provocado por él mismo, maldita sea, Cyn –gruñó él.

–Aun así no me parece bien marcharme sin volver a verlo –Thia sacudió la cabeza con tristeza–. Me sentiría como si lo estuviera abandonando. No todo el mundo es capaz de digerir la fama y la fortuna como hiciste tú –concluyó a la defensiva.

–Maldita sea, Cyn –exclamó Lucien con impaciencia ante la preocupación de Thia por un hombre que no se la merecía–. De acuerdo, haré lo posible por conseguir que Miller acepte ayuda, incluso rehabilitación. ¿Me prometerás así que no irás a su apartamento?

—¿Y tú reconsiderarás despedirlo de *Network*?

—No fuerces tu suerte, Cyn —le advirtió él.

—De acuerdo —para sorpresa de Lucien, Thia sonrió—, tenía que intentarlo.

—Eres una dama con agallas, señorita Hammond —parte de la tensión abandonó los hombros de Lucien, que la miró con admiración.

En esos momentos Thia se sentía de todo menos valiente. De repente estaba muy cansada, sin duda debido a la feroz pasión desatada entre Lucien y ella, así como por el errático y, desde luego, peligrosamente desequilibrado comportamiento de Jonathan.

Apenas lo había reconocido como el hombre al que conocía desde hacía dos años.

Sin embargo, aún había muchas preguntas sin responder. La más delicada de todas, el nombre de la mujer que, según Jonathan, había salido de la cama de Lucien por él.

Porque Thia no podía creerse que una mujer fuera tan estúpida como para preferir a Jonathan.

Capítulo 11

NUNCA escuchas, ¿verdad? Nunca sigues un consejo, ¡ni siquiera si es por tu propio bien!

La expresión de Lucien era sombría mientras entraba en la suite de Thia la noche siguiente. Impresionantemente guapo vestido con un traje negro de corte impecable, camisa blanca y pajarita roja, era evidente que tenía una cita.

–Adelante, por favor, Lucien –lo invitó ella a entrar secamente–. Ponte cómodo –continuó–. Y sírvete algo.

Lucien dejó caer una caja sobre la mesita de café y se sentó en uno de los sillones. Pero un segundo después se levantó de un salto y se acercó al minibar, donde eligió una botellita de whisky que se sirvió en un vaso y bebió de un trago.

–¿Te sientes mejor?

–En absoluto –Lucien la taladró con la mirada antes de elegir otra botellita que siguió el mismo camino que la anterior.

–¿Qué sucede, Lucien? –Thia frunció el ceño.

–Anoche me diste tu palabra de que no verías a Miller.

–Si no recuerdo mal, te prometí que no iría a su apartamento –le corrigió ella.

–¿Y vas y lo invitas a venir aquí?

–Yo no lo invité, Lucien. Jonathan apareció ante mi puerta. Es más, no te has encontrado con él por muy poco.

–¡Ya lo sé! –rugió él.

–¿Dex? –ella enarcó una ceja.

–Fue muy irresponsable por tu parte quedarte a solas con él en tu suite.

–Pero no estaba completamente a solas con él, ¿verdad? –preguntó ella–. Estoy segura de que Dex estaba montando guardia en el pasillo hace un rato.

–Dex se preocupa por tu seguridad casi tanto como yo –le advirtió Lucien.

–¿Y quién te protege a ti mientras Dex está ocupado protegiéndome a mí?

–Sé cuidar de mí mismo.

–¡Y yo también!

–Esta mañana, al mirarme al espejo, he descubierto mi primera cana –Lucien soltó un bufido–. Estoy seguro de que ha aparecido entre ayer y hoy.

–Pues te da un toque muy distinguido –se burló ella–. Pero no hay necesidad de que tú o Dex os preocupéis por mí. Jonathan vino para disculparse. También me contó que esta mañana le has ofrecido otra oportunidad en la serie si acude a terapia de desintoxicación.

–Pues estoy empezando a reconsiderar mi oferta.

–No seas mezquino, Lucien.

–Le di otra oportunidad porque tú me lo pediste –Lucien estaba furioso.

–Y porque sabes que es bueno para el negocio –señaló ella–. Sería un grave error cargarte a la estrella de *Network* cuando la serie, y Jonathan, disfrutan de tanta popularidad.

–¿En serio crees que me importa perder unos cuantos dólares? –Lucien apretó los labios.

Thia hundió las manos en los bolsillos traseros de los vaqueros para ocultar su temblor, señal de que no se sentía tan tranquila como intentaba aparentar.

En los últimos días había visto a Lucien en distintas facetas: el confiado seductor la noche que se habían conocido, el multimillonario hombre de negocios en su despacho al día siguiente, juguetón y seductor en el apartamento y un total enigma tras conocer la noticia de su virginidad. Y en esos momentos furioso y preocupado, y totalmente impredecible.

–¿No habíamos acordado vernos en un lugar público esta noche? –Thia alzó la barbilla.

–Decidí venir aquí tras recibir la llamada de Dex informándome de la visita de Miller.

–Podrías haber telefoneado.

–Podría haber hecho muchas cosas y, créeme, mi primer impulso fue el de tumbarte sobre mis rodillas para darte una buena tunda de azotes por tu irresponsable comportamiento.

–Corrígeme si me equivoco –Thia frunció el ceño–, pero ¿no debería ser yo la ofendida?

–¿Por qué? –la expresión de Lucien se volvió desconfiada.

–¡Por todo! –exclamó ella.

–¿Qué más te ha contado Miller? –preguntó él con expresión enigmática.

–Nada que yo no hubiera deducido ya por mí misma –contestó Thia.

La noche anterior, tumbada en la cama, incapaz de conciliar el sueño, había comprendido quién debía de ser la mujer implicada en el triángulo amoroso. Solo había una mujer con la que Jonathan hubiera pasado una considerable cantidad de tiempo a solas en los últimos días. En realidad no era un triángulo, era un cuadrado. Porque Simone Carew, la pareja de Jonathan en la serie, también tenía un marido.

Y si, tal y como aseguraba Jonathan, había arrancado

–Jonathan, espero, a desintoxicación –ella frunció el ceño en un gesto de dolor–. Yo de vuelta a Inglaterra. Y tú, bueno, tú a lo que suelas hacer entre una relación y la siguiente. Aunque lo nuestro no es que fuera realmente una relación –añadió apresuradamente–. No pretendía insinuar que...

–Te estás liando, Cyn.

–Lo que estoy haciendo es intentar que terminemos con un poco de dignidad –sus ojos emitieron un destello profundamente azul.

–No recuerdo haber dicho que deseara terminar esto –él enarcó una ceja.

–Conozco la verdad, Lucien –Thia sacudió la cabeza–. La mayor parte la deduje por mí misma, como lo de Simone Carew. Jonathan me proporcionó algunos detalles, de modo que dejemos de fingir, ¿de acuerdo? La versión resumida de lo sucedido es que le advertiste en dos ocasiones sobre Simone y sobre las drogas. Él me invitó a venir en un intento de despistarte, al menos sobre su relación con Simone. Y tú coqueteaste conmigo para vengarte de él por robarte a Simone. Fin de la historia.

–Esa no es más que la versión de Miller, Cyn –murmuró Lucien.

–Ya te he dicho que una parte la he deducido yo sola –a Thia no le engañaba–. El resto... ya no importa, Lucien.

–A lo mejor no te importa a ti –espetó él–. Pero yo no tengo ninguna intención de permitir que sigas pensando que he mantenido una relación con una mujer casada. Va en contra de mis principios –respiró hondo–. El matrimonio de mis padres fracasó porque mi madre abandonó a mi padre por otra persona –le explicó–. Jamás sometería a otro hombre al sufrimiento que experimentó mi padre tras ser abandonado.

–Yo no sabía... ¿Mantuviste una relación con Simone antes de que se casara con Felix?

–¡Jamás he mantenido una relación con esa mujer! –exclamó Lucien con impaciencia.

–¿Y por qué asegura Jonathan que sí? –ella dio un respingo.

–Lo único que se me ocurre es que Simone se lo inventara para llamar su atención.

–Pero ¿por qué? –Thia sacudió la cabeza–. No, borra esa pregunta. He visto a Simone Carew unas cuantas veces y me parece una mujer muy simple y vacía. De modo que, sí, la creo capaz de contarle a Jonathan una mentira como esa.

–Sabía que al final lo comprenderías –Lucien sonrió.

–No es buen momento para sarcasmos, Lucien –ella lo fulminó con la mirada–. Y, si sabías que iba por ahí contando mentiras, ¿por qué no la detuviste?

–Porque no supe nada hasta que Miller lo soltó hace unos días –gruñó él–. Y luego no me pareció especialmente importante.

–Simone Carew se dedica a contarle a cualquier que quiera escuchar que habíais mantenido una relación ¿y a ti no te parece especialmente importante? –Thia lo miró perpleja–. ¿Y qué pasa con el marido?

–Felix tiene treinta años más que Simone –Lucien suspiró agotado–, y sabía muy bien dónde se metía al casarse con ella. Prefiere mirar hacia otro lado.

–Qué bueno por su parte.

–No tanto –Lucien hizo una mueca–. Resulta que está enamorado de su esposa. En Nueva York siempre hay algún rumor circulando sobre todo el mundo, la mayoría mentiras o exageraciones. ¿Por qué iba a molestarme en negar los rumores sobre Simone y sobre mí? ¿Nunca has oído eso de que cuanto más niegas algo, más se creerá la gente que es cierto?

—¡Yo no me lo habría creído!

—Porque tú no eres como las demás personas que haya conocido jamás —concluyó Lucien.

Thia no supo qué contestar al comentario de Lucien. En realidad no sabía qué decir.

No le cabía duda de que le había dicho la verdad sobre Simone. ¿Por qué iba a molestarse en contarle una mentira? A Lucien le daba exactamente igual lo que ella opinara.

—¿Qué hay en esa caja, Lucien? —Thia cambió deliberadamente de tema.

—¿Fin de la cuestión?

—No le veo ningún sentido a seguir hablando del tema —ella evitó la exasperada mirada gris—, y te pido disculpas si te he juzgado mal —sacudió la cabeza—. Es evidente que no estoy preparada para comprender las maquinaciones y estúpidos juegos de tu mundo.

—Ese no es mi mundo, Cyn. Es una parte inevitable, pero no me involucro en ella —le aseguró—. Y, en cuanto al contenido de la caja, ¿por qué no la abres y lo compruebas?

Thia contempló la caja como si fuera una bomba a punto de estallar.

—¡Es una blusa nueva! —exclamó aliviada y sonrojándose al recordar las circunstancias en que había quedado destrozada la primera, y lo que había sucedido después.

No podía detenerse a pensar en ello. No quería pensar en ello. Ya tendría tiempo, el resto de su vida, para recordar el sexo con Lucien, recordar cómo se había enamorado de él.

—Ábrela, Cyn —insistió Lucien mientras se sentaba en el sofá junto a la mesita de café.

—Antes de que se me olvide, envié tu camiseta a lavar y planchar hoy...

—¿Quieres dejar de cambiar de tema y abrir esa maldita caja?

—No hay prisa —ella agitó una mano en el aire—. Es evidente que tienes una cita —observó detenidamente el elegante traje que Lucien llevaba puesto—. No quiero retrasarte más.

—No me estás retrasando.

—Pero...

—¿Qué problema tienes para abrir la caja, Cyn?

—Yo... —Thia se mordió el labio—, no estoy acostumbrada a recibir regalos.

Lucien frunció el ceño al comprender el motivo: los padres de Cyn habían muerto hacía seis años y no tenía más familia. Era más que evidente que su relación con Miller no era de las que incluían regalos. Ese tipo era de los que recibía, no de los que daba.

—No es un regalo —le aseguró Lucien—. Destrocé tu blusa y la he sustituido por una nueva.

Las mejillas de marfil se sonrojaron, acentuando las oscuras sombras bajo los ojos azules. ¿No había dormido bien Cyn la noche anterior?

Él tampoco. No había parado de darle vueltas a la cabeza intentando encontrarle sentido, de emplear su habitual lógica para explicar y analizar sus sentimientos por Cyn. Pero no había sentido o lógica en esos sentimientos. Estaban ahí, y punto.

Sentía una opresión en el pecho al comprender que deseaba inundar a Cyn de regalos, darle todo lo que deseara o necesitara. Pero, conocedor de su feroz independencia, sabía que le arrojaría su generosidad a la cara.

Lucien no tenía la menor idea de qué hacer con esa mujer. Estaba caminando por un sendero nunca antes transitado, en el que no había señales ni indicaciones para orientarle sobre la dirección a tomar. Pero sí tenía claro que no iba a permitirle marcharse de su vida.

–Me gustaría saber si te parece bien la blusa que te he encargado, Cyn –la animó.

–Me hubiera encantado oírte encargarla por teléfono –bromeó Thia mientras abría la caja.

–Fui a la tienda esta mañana y la elegí personalmente, Cyn.

–¿En serio? –ella lo miró sobresaltada.

–En serio –asintió él.

–Pero ¿por qué?

–No podía dejar en manos de una dependienta la elección de una blusa que casara con tu color de ojos –Lucien se encogió de hombros.

–¡Oh!

–Tú lo has dicho –los ojos de plata se fundieron con los azul cobalto–. ¿Te gusta? –insistió mientras Cyn retiraba el papel de seda y contemplaba la prenda.

¿Que si le gustaba?

Aunque no le hubiera gustado, la blusa habría sido especial porque Lucien la había elegido personalmente. Pero lo cierto era que jamás había visto o tocado nada más hermoso. El color, en efecto, era idéntico al de sus ojos, y la tela, suave y sedosa.

–Es preciosa, Lucien –susurró ella emocionada–.

–¿Y exactamente cuánto cuesta asistir a ese baile? –Thia había visto reportajes sobre esos eventos y sabía que la asistencia a los mismos podía llegar a costar miles de dólares.

–¿Qué demonios tiene eso que ver con...?

–Lucien, por favor.

–Diez mil dólares –admitió él al fin a regañadientes.

–¿Los dos? –preguntó ella con voz aflautada.

–Cada uno.

–Diez mil... –Thia no pudo terminar la frase, solo mirarlo boquiabierta.

–Los beneficios irán destinados al cuidado de niños que sufren abusos.

–No puedo permitir que te gastes tanto dinero en mí –ella sacudió la cabeza con decisión.

–No es para ti. Es para los niños que sufren abusos. Y ya he comprado las entradas. ¿Por qué no utilizarlas?

–Porque yo... –ella hizo una mueca–. ¿Por qué no llevas a quienquiera que fueras a llevar?

–Compré tu entrada hoy, Cyn. Tú eres la persona a la que iba a llevar.

Pero eso no significaba que Thia tuviera que acompañarlo al baile benéfico.

¿O sí?

Capítulo 12

AL FINAL no ha estado tan mal, ¿verdad? –Lucien se volvió hacia ella en la limusina, de regreso al hotel poco antes de la medianoche.

–No ha estado nada mal. Todo el mundo ha sido muy amable.

–Ya ves que son capaces de serlo –él asintió.

–Seguramente ayudó el hecho de que fuera acompañada del hombre más rico y poderoso de Nueva York.

–Pues yo no percibí precisamente ninguna mirada de lástima dirigida hacia mí –bromeó él.

Lucien le tomó una mano y entrelazó los dedos con los suyos. De nuevo marfil y bronce.

–¿Subirás a mi apartamento a tomar una última copa cuando lleguemos al hotel?

Thia lo miró con timidez. Para su sorpresa, había disfrutado de la velada mucho más de lo que había pensado, y había conocido a muchas personas famosas. La personalidad de Lucien era tan fuerte que todos la habían aceptado sin siquiera pestañear.

El único momento incómodo se había producido cuando habían hablado brevemente con Felix y Simone Carew. La otra mujer había evitado la mirada de Thia. Sin duda Jonathan había hablado con ella y sabía que Thia estaba al corriente de lo suyo.

Lucien había adoptado una actitud extremadamente

fría hacia Simone y su brazo no había abandonado en ningún momento la cintura de Thia mientras hablaba con Felix.

Había optado por estrenar el vestido que Lucien le había comprado. Un vestido largo y rojo que se pegaba a sus curvas y dejaba los hombros y parte del escote al descubierto.

–¿Crees que es buena idea? –Thia se humedeció los labios.

–Si lo prefieres, podemos ir a tu suite –Lucien le agarró la mano con más fuerza.

–Esta noche me lo he pasado muy bien, Lucien, pero...

–Eso me suena muy mal –la presión de la mano se tensó.

–Me marcho mañana, Lucien –ella sacudió la cabeza–. No compliquemos más las cosas.

–¿Y qué pasa si quiero complicarlas? –los ojos grises emitieron furiosos destellos.

–Ambos sabemos que no es buena idea –Thia sonrió con tristeza–. Yo soy lo que soy y tú eres lo que eres.

–¿Y acaso no te he demostrado esta noche que me importa un bledo todo ese asunto de la camarera estudiante y el multimillonario empresario?

–Yo me refería a ese asunto de la virgen y el hombre experimentado –ella rio nerviosa.

–Ah...

–Sí, ah... algo que te horrorizó anoche –le recordó Thia.

–No me horrorizó. Simplemente me sorprendió –la corrigió él con impaciencia–. Pero ya lo he superado.

–¿Y te gustaría continuar donde lo dejamos anoche? –ella enarcó las cejas.

–Es que nunca había pensado, imaginado, declarándome, pidiendo en matrimonio a una mujer, en la parte

trasera de un coche. Aunque sea una limusina. Pero si
así ha de ser...

–¿Has dicho que me estabas proponiendo matrimonio? –Thia lo miró con ojos desmesurados. ¡No podía
estar hablando en serio!

–Bueno, no –contestó él, tal y como ella se había fi-
gurado–, porque lo cierto es que aún no te lo he propuesto –añadió–. Tengo entendido que esas cosas se hacen apoyado en una rodilla y, aunque este coche es muy
amplio, creo que preferirías que Dex y Paul no llegaran
a sus propias conclusiones cuando me vean arrodi-
llarme por el retrovisor.

Thia se sintió sonrojar al pensar en lo que pasaría por
la mente de esos dos hombres.

–Deja de burlarte de mí, Lucien –ella se soltó la mano–.
¿Qué haces? –exclamó cuando él, efectivamente, se arrodilló frente a ella–. ¡Lucien!

¿Qué estaba haciendo?

Lucien no tenía ni idea. Seguía transitando ese camino sin señales ni indicaciones.

Era evidente que Thia había disfrutado de la velada,
y solo podía esperar que parte de ese disfrute se debiera
a su compañía.

Estaba tan hermosa que no había sido capaz de qui-
tarle los ojos de encima. El que los demás hombres también la hubieran mirado había bastado para que su brazo
no abandonara su cintura durante toda la velada. Nadie
más que él debería poder admirarla.

Era consciente de que seguramente sería muy pronto
para ella. Se habían conocido tan solo hacía un par de
días, pero había sido un par de días increíbles.

La primera noche, cuando la había visto al otro extremo de la habitación, se había quedado sin aliento ante tanta hermosura. Y más tarde, cuando ella lo había abandonado en medio de una calle abarrotada de Nueva York, se había sentido como si lo hubieran golpeado en el pecho. A la mañana siguiente, al pasar ante el horrible hotel en el que había pasado la noche le había entrado taquicardia. Y cuando había aparecido en su despacho más tarde, con ese top rosa, su reacción física había sido totalmente diferente.

Preparar la cena con Cyn había sido divertido, y la conversación estimulante. Se había sentido cómodo y relajado. Y estaba tan mona con esa enorme camiseta. Incluso había disfrutado yendo de compras aquella misma mañana. Y en cuanto a hacerle el amor... ¡Cómo le había correspondido Cyn! Saber que era virgen casi le había hecho caer de rodillas ante ella.

Y llevaba de rodillas desde entonces.

–No estoy loco, Cyn –Lucien la miró fijamente–. Sin embargo, sí que me encuentro, literalmente, temblando en esos zapatos hechos a mano de cuero italiano.

–¿Por qué? –ella parpadeó perpleja.

–Nunca me había declarado, y la idea de que me rechaces basta para que un hombre se eche a temblar.

–Yo no... es que es... –Thia frunció el ceño.

–¿Demasiado pronto? ¿Demasiado repentino? –Lucien hizo un mueca de disgusto–. Llevo todo el día diciéndome lo mismo. Pero nada de eso cambiará el hecho de que me he enamorado de ti y que la idea de que regreses a Londres mañana, de no volver a verte, me resulta inaceptable. No solo te amo, Cyn, te adoro. Amo tu espíritu, tu humor, tu inteligencia, tu bondad, tu lealtad, el modo en que te entregas por completo. Hasta que te conocí, no me había dado cuenta de lo vacía que estaba mi vida, y mi corazón, pero tú has llenado ambos de un modo que jamás me había imaginado posible. Y ya no puedo vivir sin ello –concluyó con voz ronca.

Thia lo miraba estupefacta. ¿Acababa de decirle...? ¿De verdad acababa de decirle que la amaba, que la adoraba?

A lo mejor era ella la que se había vuelto loca, porque no podía haber oído realmente todas esas cosas. No dirigidas a ella. No dichas por Lucien Steele, archimillonario, el hombre más rico y poderoso de Nueva York.

Pero ahí estaba, de rodillas ante ella, sujetándole la mano con fuerza y mirándola fijamente a los ojos con una expresión de puro amor que le paralizó el corazón.

–No tienes que contestar ahora –era evidente que Lucien había tomado su expresión de incredulidad por pánico–. No hay prisa. Comprendo que es mucho pedir que sientas lo mismo por mí, pero podemos pasar juntos todo el tiempo que desees para conocernos mejor. Supongo que de todos modos regresarás a Londres para terminar la carrera. Compraré un apartamento allí, o quizás una casa, para que podamos pasar juntos todo el tiempo posible. Y luego, dentro de unos meses, si tú...

–Sí.

–Si sigues sin creerte capaz de amarme tal y como yo te amo...

–Sí.

–Tendré que aprender a vivir con ello, a aceptarlo. No me gustará, pero...

–Lucien, he dicho que sí –Thia le apretó la mano–. He dicho que sí –repitió en un susurro.

–¿Sí qué?

Thia se quedó sin aliento y los ojos se le llenaron de lágrimas. Lágrimas de felicidad. Lucien la amaba.

Comprendía que quisiera terminar la carrera. Iba a comprar una casa en Londres para poder estar cerca de ella. ¡Le había pedido que se casara con ella!

Desde luego era demasiado pronto.

Para los demás.

Pero no para ellos.

Porque ellos eran el resultado de su pasado, personas que habían perdido la seguridad de unos padres en un momento muy delicado de sus vidas. Eran dos personas que no amaban o confiaban con facilidad, y el hecho de que se hubieran enamorado tenía que ser cosa del destino.

—He dicho que sí, Lucien —Thia se arrodilló junto a él y le tomó el rostro entre las manos—. Sí, yo también te amo. Sí, me casaré contigo. Mañana si así lo deseas.

—Yo... Pero...

—O podemos esperar un poco, si es demasiado pronto para ti —sus bocas se fundieron en un apasionado beso.

—Lo tomaré como un sí —murmuró Lucien más tarde, acurrucado en el sofá junto a Thia en el salón del apartamento del ático del hotel Steele Heights.

—Sigo pensando que no está bien que me obligues a esperar hasta la noche de bodas.

—¿Eso no debería decirlo yo? —contestó él, más feliz y relajado de lo que había estado en su vida. ¿Cómo no iba sentirse así con la mujer amada a su lado?

—Sí —ella hizo un mohín—. Pero ha sido idea tuya.

—Eso no significa que no podamos estar... juntos antes —él rio—. Preferiría dejar las cosas como están por ahora. Me muero de ganas de verte en el altar, vestida de blanco y sabiendo que voy a desnudarte esa misma noche para hacerte el amor por primera vez.

Bianca

Entre ambos seguía habiendo secretos por resolver...

Hizo falta un devastador terremoto para que el multimillonario Cesare di Goia se diera cuenta de lo que realmente importaba en la vida. Un abismo infranqueable lo separaba de su mujer, pero no estaba dispuesto a renunciar a su hija.

Al volver al lago de Como con su hija, Ava di Goia se sentía como una intrusa en el fastuoso *palazzo* que una vez fue su hogar. Pero un fuerte vínculo de pasión y deseo seguía uniéndola a su marido.

Secretos revelados

Maya Blake

NOVIA A LA FUGA

HEIDI BETTS

Juliet Zaccaro debería estar caminando hacia el altar, así que ¿por qué estaba saliendo de la iglesia a todo correr? Porque acababa de descubrir que estaba embarazada, y no de su prometido.

La misión del investigador privado Reid McCormack era llevarla de vuelta a casa. Pero cuando la encontrara iba a asegurarse de que no regresara con su novio; sobre todo porque el bebé que llevaba dentro  podría ser suyo. Aunque Juliet negaba la química que había entre ellos, ¿conseguiría Reid convencerla de que compartían algo más que un vientre abultado por un bebé?

¿Por el bien del bebé?

Bianca

Cuanto más cerca estaba de él... más grietas aparecían en la armadura tras la que se escondía

El playboy más deseado de Italia, Gianluca Benedetti, no reconocía a Ava Lord, aquella preciosa dama de honor que le había robado el aliento siete años antes, pero le bastó con mirar esas curvas una vez para identificar a la joven que había estado en su cama tanto tiempo atrás.

Un beso furtivo desató el frenesí de los medios y Gianluca no tuvo más remedio que llevársela a la costa de Amalfi para ahogar el escándalo. Asimilar esa pasión reencontrada era difícil y Ava se dio cuenta del peligro que corría si abría su corazón...

Placer peligroso

Lucy Ellis